「なっ……くっ、久宝桜子！
貴様、何故我が城にいる！」
「ここはあなたの城ではなく、
お兄様の部屋のはずですが」

シャロは桜子と目を合わすと、ぶるぶると震えだした。
よほど桜子を嫌っているようだけど……
いったい何が原因なんだ？

「啓太くん。
ハグして？」

てのひらを上にして両手を広げる雪菜先輩。
まるで俺を迎え入れるようなジェスチャーだ。
まさか、このポーズは……！

「ウチ、啓太せんぱいのことが好きっす。
先輩としてじゃない。異性としてっす」
静寂に包まれた公園で、
その言葉はハッキリと聞こえた。
怖いくらい心臓が跳ねまわり、
頭の中が真っ白になる。

毒舌少女はあまのじゃく３

～壁越しなら素直に好きって言えるもん！～

上村夏樹

HJ文庫
937

口絵・本文イラスト　みれい

壁越しなら素直に好きって言えるもん！

DOKUZETSU SHOJO HA AMANOJAKU

毒舌少女はあまのじゃく 3

第一章　尊敬し合う先輩・後輩
～ぼくの妹はサディスティック～

DOKUZETSU SHOJO HA AMANOJAKU

【啓太と桜子　～わたくしたち、よきライバルですわ！～】

「ふんふんふんふーん♪」

放課後の帰り道、俺はご機嫌だった。鏡で自分の顔を見たら、きっと幸せそうな顔をしているに違いない。

何故そんなに機嫌がいいのか。それは今晩、雪菜先輩と外食するからだ。

外食といっても、俺たちは学生。高級なお店に行くわけではない。普通にファミレスだ。

でも、雪菜先輩と外食することは俺にとって一大イベント。食事する場所がどこであれ楽しみだ。

「ふふふ……雪菜先輩、何食べるのかな？」

ハンバーグかな。それともステーキ？　意外と食いしん坊で、350グラムとか頼んじゃったりして。

口の周りにデミグラスソースつけたまま、ハンバーグをもぐもぐする雪菜先輩を想像してみる……やばい。可愛すぎるぞ、食いしんぼさんめ！

雪菜先輩に早く会いたくて、俺は帰路を急いだ。

帰宅すると、部屋には雪菜先輩がいた。制服姿のまま、床に寝っ転がって文庫本を読んでいる。

「ただいま、雪菜先輩」

声をかけると、雪菜先輩は文庫本を床に置いて起き上がった。

「おかえりなさい、下僕。なんだか今日は随分と嬉しそうね」

「えへへ。わかります？」

「ええ。とてもスケベ顔だもの」

「俺の渾身の笑顔をスケベ扱いしないでくれます？」

「あら失礼。でも、日頃からスケベ妄想はしているでしょう？　この間も『フへへ。公園のすべり台に生まれ変わったら、幼女の尻に敷かれたい放題でゲス』とか言っていたし」

「言ってねぇよ!?」

それたぶん俺じゃないよ。そこまで性癖こじらせてないもん。

「ごめんなさい。私の聞き間違いだったわね。『ぐふふ。丸の内のマンホールに生まれ変わったら、ヒールを履いたＯＬに踏まれ放題でゲス』だったかしら？」

「ゲス語尾やめろ！　言ってないよ、そんなこと！」

「でも、妄想はしている……そうなんでしょ、このエロ広告クリック常習犯！」

「妄想もクリックもしてませんってば！　俺はただ、早く帰って雪菜先輩に会いたいなって思いながら帰路を……あっ」

しまったぁぁぁぁ！

また余計なことを言ってしまったぁぁぁぁ！

このあとの展開なら容易に予測できる。照れ隠しに寝技をかけられるパターンだ。

しかし、予想に反して雪菜先輩は頬を赤くしてはにかんでいた。

「そ、そう……私も『啓太くん、早くお部屋に帰ってこないかなぁ』と思っていたわ……」

両手の人差し指でつんつんしながら、雪菜先輩はそう言った。

ふっ……不意打ちのデレ雪菜きたぁぁぁ！

啓太くん、早くお部屋に帰ってこないかなぁ……だってさ！　旦那の帰りを待つ奥さんのセリフかよ！

幸福を噛みしめていると、雪菜先輩に頬を引っ張られた。

「いへへ！　ゆひなせんはい！　なにふるんへふはぁ！」

「い、今のナシ！　忘れなさい！」

「へっ？」

「忘れないと……紐なしバンジージャンプの刑に処すわよ？」

レジャー感覚の殺害予告だった。陽キャの殺し屋かよ。

俺が「わふれます」と意思表示すると、雪菜先輩は俺の頬を解放した。

「いてて……ひどいよ、雪菜先輩」

「啓太くんがトラップを仕掛けるからよ」

「そっちがありもしない罠にかかって勝手にデレたんでしょ」

雪菜先輩が俺に何か言い返そうとしたとき、部屋のインターホンが鳴った。きっといつものメンバーの誰かだろう。

「はーい。どうぞー」

返事をすると、ドアが音を立てて開いた。

玄関に視線を向ける。そこには制服姿の桜子が立っていた。

「こんにちは、桜子」

「……あぁ、啓太さん。いたんですか。けっ」

桜子は悪態をつきながら入室した。いるも何も、ここ俺の住居なんですけど……。

「あら。桜子、また来たのね」

「お姉様！　ええ、来ましたとも！　お姉様に会いたくて来たんですよ？」

桜子は雪菜先輩のそばに駆け寄った。

「私はかまわないけれど……一応、ここは下僕の部屋よ。あまり迷惑はかけないようにね？」

「はいっ！　お姉様がそうおっしゃるのなら！」

「そう。ならいいわ」

雪菜先輩は苦笑しながら桜子の頭をなでた。桜子は飼い主とじゃれる子犬みたいに、目を細めて嬉しそうにしている。

仲の良い二人を見ていると、本当の姉妹に見えてくるから不思議だ。

桜子もきっと、雪菜先輩と姉妹のような美しい関係になりたいと思って――。

「げへへっ。お姉様ぁ……今夜こそ、わたくしが添い寝して差し上げますからね……？」

違った。なりたいのは、ただれた肉体関係だった。

「添い寝は遠慮しておくわ」

「お姉様!?　なんでですかぁ！」

「だって目が怖いし……それに今日は啓太くんと外食する約束をしているから」

雪菜先輩は「べつに楽しみではないけれど」とむすっとした顔で言った。えへへー、照れてる照れてる。

「むぅぅ……やはり啓太さんの存在は邪魔です！」

頬をぷくーっとふくらませた桜子は、俺の眉間の辺りをビシッと指さした。

どこか既視感がある光景だ。

もしかして、この展開は……。

「啓太さん！　雪菜お姉様に相応しい男かどうかを問う試験……略して『ゆきふさ試験』の第二弾です！」

「やっぱり例のアレか！」

というか、略称ダサいな。他に何かなかったのかよ。

「前回の試験では、啓太さんの強さを見させていただきました……だがしかし！　強いだけでは、お姉様に相応しい殿方とは言えません！」

「俺、ゆきふさ試験をやるなんて一言も言ってないけど……」

「男子たるもの、惚れた女を喜ばせる器であれ！　それができなければ、お姉様のおそばにいる資格などナシ！」

「話を聞かないな、君は……何なの？　俺の声だけモスキート音に変換されてるの？」

「わたくしの言っていることがおわかりですかッ！　啓太さんッッ！」

「どうでもいいけど、君さっきから暑苦しいよ！」

「第二の試験……それは！　わたくしと啓太さん、どちらがお姉様を喜ばせることができるか対決！」

桜子は「わー！　ぱちぱちぱちー！」と一人で拍手した。

間違いない。この子、通信簿に「もう少し落ち着きがあるといいですね」と書かれるタイプの子だ。

呆れている俺をよそに、桜子は勝手に試験を開始した。

「では、先攻はわたくしがいただきます。お姉様をマッサージいたしますね」

「マッサージだって……？」

以前、雪菜先輩の足をマッサージしたときのことを思い出す。

あのときの興奮が今ッ！　目の前に蘇ろうとしているのかッッ！

俺は自然と前のめりになっていた。

「面白い。やってみたまえ、桜子よ」

「啓太さんのその目……ふふふ。ようやく本気になったようですね！」

「桜子！　手加減は不要だ！　全力でマッサージして差し上げろ！」

「言われなくても揉みまくりですよ！」

盛り上がる俺たちのそばで、雪菜先輩はぼそっと一言。

「はぁ……あなたたち、この試験とやらを会うたびにやるつもり？」

「ため息をつくと幸せが逃げてしまいますよ、お姉様。ささっ、こちらへどうぞ」

「止めても無駄のようね……わかったわよ」

桜子は雪菜先輩をベッドの上に座らせて背後に移動した。

「お姉様。失礼します」

桜子は雪菜先輩の肩を揉み始めた。親指にぐっと力を込めて丁寧に筋肉をほぐしている。

予想に反して、いやらしい感じはしない。

「んっ……そう、そこ。いい感じよ、桜子」

「えへへ。わたくし、肩揉みは得意なんです」

「ええ。とても上手だわ」

雪菜先輩は穏やかな笑みを浮かべて桜子を褒めている。

意外だった。あの変態女子日本代表みたいな子が、普通に肩揉みをするだなんて。

いや……俺の目が曇っていただけかもしれない。

桜子はたしかに変態だけど、雪菜先輩を慕う気持ちは本物。今日は日頃お世話になっている先輩の疲れを癒すため、一肌脱ぐつもりなのだろう。

「はぁはぁ……お姉様の肩を揉めるばかりか、漏れる吐息をこんなに間近で聞けるなんて……たぎりますねぇ、ふへへ。ところでお姉様。今夜は同じベッドで寝てもいいですか？」

違った。一肌脱ぐどころか、服脱いで人肌をお楽しみするつもりだったよ、この変態。

「……桜子。私に変なことしたら寝技かけるわよ」

「なんというご褒美。オプションで足技もお願いします！」

逆にテンションを上げる桜子。呼気は荒く、目がハートマークになっている。

「お姉様。肩、だいぶこっていますね」

「そうかしら？」

「肩こりの原因の一つに、おっぱいの重さが関係しているのをご存知ですか？」

「えっ？」

「ふへへ……わたくしが確認して差し上げます」

桜子は背後から雪菜先輩に体を密着させた。そのまま雪菜先輩を拘束する。

「いただきます」

桜子は雪菜先輩の胸を揉んだ。先輩の形のいい胸が、いやらしい指の動きで形を変える。

「ひゃあっ！　こ、こら桜子！　今すぐやめなさい！」

「ふへへ。よいではないか、よいではないか」

雪菜先輩は暴れたが、桜子の足で拘束されていて身動きが取れない。

「お姉様。ここが弱いんですか？」

「あっ……だ、だめ。そんなに強くしたら……ぁ！」

雪菜先輩は嬌声を漏らし、屈辱的な表情を浮かべながら口元を押さえた。

あの雪菜先輩が後輩女子に胸を揉みしだかれて、エッチな声を我慢している……なんて背徳的なシチュエーションなんだ。これ、いつＤＶＤ出るんですか？　俺、言い値で買います！

「ふへへっ……お姉様の硬いところ、だいぶほぐれてきたんじゃないですか？」

桜子は調子に乗って揉み続けた。言葉のチョイスが酷すぎる。どう考えてもエロ本の読みすぎだろ。

「さっ、桜子……今すぐやめないと、ひどいことになるわよ？」

「お姉様こそ、素直になったらどうです？　口は強情でも体は正直ですよ？」

だからエロ本の読みすぎかって。君の好きなジャンル、絶対に凌辱系でしょ。

「桜子……忠告はしたわよ」

雪菜先輩は口元を押さえていた手をおろした。そして、そのまま桜子のスカートの中に手を入れて……スカートの中にぃぃぃぃ!?

さすがにそれはマズいです、雪菜先輩！　この場に男の俺がいるんですよ!?　焦らさないでとっととやってください、お願いします！

期待しながら見守っていると、雪菜先輩が悪魔のような笑みを浮かべた。

雪菜先輩の手が桜子のスカートの中でもぞもぞと動く。わずかに持ち上がったスカートの奥には、白くてまぶしい桜子の太ももが見える。

「さて……生意気な後輩にはお仕置きが必要ね」

ぎゅううううっ！

雪菜先輩は桜子の内ももをつねり上げた。

「いでででっ！　お姉様、そこはらめぇぇぇぇ！」

あまりに痛かったのだろう。桜子は一瞬浮くほど飛び上がった。

雪菜先輩は桜子のスキを見逃さなかった。

桜子の足をどけて振り返る雪菜先輩。そのまま桜子に突進し、彼女の頭をわきに挟み、抱え上げて立った。

桜子は上下逆さまの状態だ。スカートがおもいっきりめくれている。

この形は……プロレスでおなじみの『あの技』に違いない。

「桜子……これがブレーンバスターという柔道技よ。覚えておきなさい」

いや柔道関係ないし！　プロレス技だし！

……などとツッコむ間もなく、雪菜先輩は桜子を背面からベッドに叩きつけた。危険な技なので、よい子のみんなは真似しないでね！

技が炸裂した瞬間、ベッドが「ばふぅぅぅん！」といい音を立てた。

「ぴぎゃっ！」

桜子は小動物のような悲鳴を上げた。

いくらベッドの上とはいえ、めちゃくちゃすごい音がしたけど……大丈夫かな。

「……桜子？　おーい、生きてるかー？」

心配になって声をかけると、桜子はわずかに顔を上げて笑った。

「啓太さん……合格です」

「俺何もしてないけど!?」

「わたくしの好感度を下げる策略……お見事でした」

「いや自滅だろ。こっちは無策だったよ」

「そんな……敗者のわたくしに優しくしてくださるのですか？」

「今の会話に優しさあった？」

「……ふっ。見かけによらずいい人ですね。もしかしたら、啓太さんとは好敵手になれるかも……がくっ」

あ。桜子が気絶した。

「啓太くん。次はあなたの番よ」

雪菜先輩は怒気を孕んだ声で俺をけん制した。マズいよ。雪菜先輩、激おこじゃん。考えろ。雪菜先輩を喜ばせて、怒りを鎮める方法を。

ふと雪菜先輩の言葉が脳裏に浮かぶ。

『そ、そう……私も「啓太くん、早くお部屋に帰ってこないかなぁ」と思っていたわ……』

あっ……なんだ。

俺のやることなんて、最初から決まっているじゃないか。

「雪菜先輩。予定どおり、早くご飯食べに行きましょう」

「へっ？　私を喜ばせる試験は？」

「もちろん、試験は続行します。後攻の俺からはご飯のお誘いってことで。これが一番喜んでもらえるかなって思いました」

素直に気持ちをぶつけると、雪菜先輩はふっと笑った。

「……そうね。啓太くん、早くデート行こう?」

「えっ? デ、デート?」

たしかに、食事の誘いはデートの誘いと言えなくもない。

でも、あえて「食事」を「デート」に言い換えるってことは、雪菜先輩も意識している
ってことだよな……?

雪菜先輩は自分の失言に気づいたのか、短く「あっ」と声を漏らした。

「雪菜先輩。今、『早くデート行こう』って……」

「いいえ。『破躍出井斗威光』は難波流古武術に伝わる免許皆伝の奥義よ」

「嘘つけ! 誤魔化しても無駄です。デートって単語、聞こえましたもん」

「言ってないっ!」

「いでぇぇぇ!」

雪菜先輩は俺の足を勢いよく踏みつけた。

「あまり妄想がすぎるようだと、あなたにもブレーンバスターをお見舞いするわよ?」

「す、すみません。気をつけます……」

「ふん。わかればいいいわ」

そう言って、雪菜先輩は玄関に向かった。まったくもう。すぐ照れ隠しするんだから。

「さて。戸締まりはどうしようかな……」

俺たちの外出中に桜子が帰るなら、施錠してもらわないと困る。

そうだ。寝ている桜子の隣に鍵を置いておこう。「帰るときは施錠した後、ポストに鍵を入れておいて」とメモ書きを残しておけば、俺たちの外出中に桜子が部屋を出ても安心だ。

鍵とメモ書きを置き、ふと玄関を見る。雪菜先輩はちょうど革靴を履いているところだった。後ろ姿なので、彼女の表情は見えない。

玄関の鏡が視界に入る。

「あっ……！」

鏡には満面の笑みを浮かべる雪菜先輩が映っている。目を細め、今にも鼻歌を歌いだしそうな雰囲気だ。

……ちょっと叫んでもいいかな？

雪菜先輩可愛すぎだろぉぉぉぉ！

ほらみろ！　やっぱり食事デート楽しみだったんじゃないか！

隠れてこっそりデレるとか最高かよ！　しかもバレバレだし！　なんだよ、このシチュエーション！　鏡越しなら素直にデレるもんってか⁉　面と向かってデレなさいよ、この意気地なし！

……などと叫ぶと、瞬殺されるから言わない。

でも、雪菜先輩のデレはもっと見たいのでからかうことにした。

「下僕。早く支度しなさい……ちょっと。何ニヤニヤしているの？」

「いえ。早くデートに行きましょう」

「んなっ……デ、デートではないでしょう。ただの外食よ」

「え？　じゃあ雪菜先輩は俺とデート行きたくないんですか？」

「そ、それは……啓太くんのいじわる！　もう知らない！」

「あはは。冗談ですって。機嫌直してください。ね？」

「知らないもん！」

俺たちは恋人同士がするような甘いやり取りをしながら、食事に出かけたのだった。

◆

第二のゆきふさ試験を終えた後も、桜子の襲撃は続いた。

あるときは料理対決をして、またあるときはゲーム対決をした。言うまでもないが、そのたびに俺が勝っている。いつも先攻の桜子が自滅するからだ。

最初は面倒なゆきふさ試験だったが、最近では楽しんでいる自分がいる。試験というよりも、徐々に桜子と遊んでいる感覚になっているからだと思う。

そんな平和な日常を送っていた俺だったが、唐突に事件が起きた。

ある日の放課後のことである。

部屋で一人まったりしていると、いきなり玄関の扉が開いた。

「お姉様ぁぁぁ！　助けてくださぁぁぁい！」

桜子が泣きながら部屋に入ってきた。毎度のことだけど、みんな俺の部屋をなんだと思っているのだろう。

桜子はセーラー服姿だった。学校指定の学生鞄を持っている。どうやら学校からこのアパートに直行してきたようだ。

「どうしたの、桜子。そんなに慌てて」

「お姉様は⁉　お姉様はいずこ⁉　啓太はん、教えておくんなまし！」

「なんだよ、その言葉づかい……雪菜先輩、今日は来ないんだ。用事があるんだって」

「そ、そんな……この世の終わりです」

桜子の目は死んでいた。口からは白い魂のような何かが飛び出ている。

「啓太さん。わたくし、最後の晩餐は焼肉がいいです……頼みましたよ」

「いや奢らないけどね……大丈夫？　少し落ち着きなって」

「ふふふ……自分でも不思議なくらい落ち着いていますよ……ふひひ、ふひひひっ」

桜子は不気味に「ふひひ」と笑ったかと思ったら、今度は急に泣きだした。完全に情緒不安定である。

「うぇぇぇん！　わたくし、このままでは退学してしまいますぅぅぅ！」

「た、退学だって？」

おいおい。笑えないぞ、その状況。いったい何があったんだ？

「桜子。俺でよければ話聞くよ」

「えっ？　啓太さんが？」

「雪菜先輩に比べたら頼りないかもしれないけど、一応これでも先輩だから。一人で悩むよりも、二人で知恵を出し合ったほうが活路を見出せるかもしれないし。ね？」

「啓太さん……ありがとうございます」

桜子は鼻水をずびーんとすすり、悩みを話し始めた。

「わたくし、隣の市から引っ越してきたじゃないですか」

「うん。転校してきたって言ってたね」

「前に通っていた学校の偏差値は五〇くらいで、学業に力を入れた校風ではありませんでした。しかし、今通っている女子校は進学校で勉強がハイレベルなんです。来週にテストがあるのですが、ちょっと自信がなくて……」

「まさか……赤点取りそうなの？　それで退学のピンチ？」

尋ねると、桜子はこくこくと首を縦に振った。

以前、樹里も赤点を取りそうだったが、あの時とはペナルティの重さが違う。失敗は許されない。雪菜先輩が不在の今、俺が力になってあげなきゃ。

「ううっ。勉強のできるお姉様に教えていただこうと思ったのに……」

「桜子。俺でよければ教えるよ」

「いいえ。保健体育は間に合っています」

「主要教科の話だよ！」

完全にエロ男子だと思われているな……たしかに保健体育は得意だけども！

「啓太さん、勉強できるのですか？　その顔で？」

「君、俺のことまったく尊敬してないな……大丈夫。一年生の内容なら、基礎くらい教えられるよ」

「本当ですか⁉」

「うん。任せてよ」

胸を張ってそう言うと、桜子は潤んだ瞳で俺を見た。

桜子の前ではああ言ったが、本当は教えられる自信なんてない。俺の学力は学年で中の上くらいだ。いくら桜子が一学年下とはいえ、相手は進学校の生徒。家庭教師は荷が重い。

見栄を張ったのは、桜子を不安にさせたくなかったからだ。テストはなんとかなる。そう思ってほしくて、俺はあんな嘘をついたのだ。

問題は俺が勉強を教えられるかどうかだけど……引き受けたからには、責任を持ってやるしかない。

「時間が惜しい。桜子、早速勉強を始めよっか」

俺たちは向かい合ってテーブルに座り、筆記用具と教科書、ノートを用意した。

「啓太さん。まずは英語を教えてください。仮定法でよくわからないところがあるんです」

「か、仮定法？」

それ、今俺が教わっているところじゃん。普通の学校と進学校とでは、こうも授業の進行に差があるのか。

「仮定法のどこがわからないの？」

「ちょっと待ってくださいね……あ、この英文です」

桜子は教科書をぱらぱらとめくり、とあるページを俺に見せた。

「啓太さん。これはどう訳せばいいのですか？」

「あー……これは慣用表現だよ。『Had it not been for』の形で覚えておいて。『if』を省略したことで『had』が文頭に来たんだ。書き換え問題で出題されることが多いから気をつけたほうがいいかも」

無事に教えることができたが、別に俺がすごいわけじゃない。つい先日、先生が「ここテストに出すぞー」と言っていただけだ。

「なるほど。啓太さん、すごいです。勉強できるのですね」

「そ、そうかな？　まぁ雪菜先輩ほどじゃないけどね」

俺は誤魔化すように笑った。恥ずかしくて「桜子とテスト範囲が同じだから」とは口が裂けても言えない。

「あの、他にも質問があるんです。仮定法過去なんですけど……」

「どれどれ。ああ、これはね……」

桜子は次々と質問してきた。最近習ったところばかりなので、なんとか疑問に答えることができている。

よかった。教えられるか不安だったけど、少しは桜子の役に立てそうだ。

そう思った矢先だった。

「啓太さん。『if』の用法で質問があるんですけど」

「なんだ？　仮定法のプロと呼ばれたこの俺になんでも聞きなさい」

「頼もしいです、プロ。では、直接法と仮定法過去の違いを教えてください」

「……うん？」

意表を突く鋭い疑問に、俺の思考はフリーズする。

「どちらも『if』を『もし～ならば……』と訳しますよね？　それなのに、用法が異なるのは何故ですか？」

しっ……知らねぇぇぇぇ！

なんだよ、その頭いいヤツがしそうな難しい質問。そんなの授業でやってないよ。

さすがに習っていないことはわからない。俺は素直に頭を下げた。

「ご、ごめん。ちょっとわかんないな……」

「そうですか。作文問題が出たら困っちゃいますね……」

しょぼーんとする桜子。

作文問題ということは配点も高いのだろう。もしもそこでミスすれば、赤点を取ってしまうかもしれない。

ということは……俺が教えてあげないとヤバいじゃん！

俺は慌てて参考書を開いた。

「……啓太さん？　何しているんですか？」

「わからないところを調べるよ。その間、桜子は他の勉強をしていてくれ」

「え？　で、でも、そこまでしていただくのは悪いですよ。自分で何とかします」

「俺が好きでやってることだから、桜子は何も悪くないよ。協力させて？」

そう言うと、桜子は俺を不思議そうに見つめた。

「……どうしてわたくしのために、そこまでしてくれるんですか？　わたくし、啓太さんに意地悪ばかりしているのに……」

どうしてって……変なことを聞く子だな。

そんなの助けたいからに決まっているだろ。

「桜子が退学になったら、俺はすごく悲しいよ。当たり前のことじゃん」

「当たり前、ですか……？」

桜子を大きく目を見開いた。

「どうしたの？　俺、何か変なこと言った？」

「啓太さん……ありがとうございます。わたくしに優しくしてくれる殿方は啓太さんが初めてです」

桜子は優しい目をして俺をじっと見つめている。彼女の頬は赤く染まっていた。

なんだか妙に照れくさい。俺は恥ずかしさを誤魔化すように笑った。

「あはは……雪菜先輩みたいに尊敬できる先輩じゃないかもしれないけどさ。今は甘えてくれていいから。もっと頼って？」

「……わかりました。よろしくお願いします」

桜子はぺこりと頭を下げて自習を始めた。

さて。言ったからには頑張らないとな。

俺は参考書をめくり、英文法を調べた。

◆

「……つまり、仮定法を使うときは『可能性がほとんどない仮定』なんだ。たとえば『もし私が鳥だったら……』という現実味のない仮定を英文で書くときは、直接法ではなくて仮定法を使うってわけ」

「なるほど……大変勉強になりました」

桜子は納得してうなずいた。

一時はどうなることかと思ったが、無事に桜子の疑問を解消することができたようだ。

これで本番も大丈夫そうだな。

「啓太さんのおかげで英語はバッチリです。他の教科は自力で頑張ろうと思います」

「そっか。少しは力になれたかな？」

「はい。今日は本当にありがとうございました」

桜子は満面の笑みを浮かべた。

普段は俺に対してキツい態度で接してくるから知らなかった。この子、笑うとすごく可愛いじゃん。

「……啓太さん、優しくて頼りになるんですね。お姉様が気に入るのもわかる気がします」

桜子は頬を赤らめて照れくさそうに言った。

そのもじもじした姿におもわずドキッとする。

「あ、そうだ。啓太さんに何かお礼をしないと」

「え？　いやいや。お礼なんていらないよ」

「そうはいきません」

桜子はおもむろにセーラー服のスカーフに手をかけた。彼女の普段は見せない妖艶な笑みに、不覚にもドキッとする。

桜子はしゅるしゅるとスカーフをほどいた。浮き出た白い鎖骨は扇情的で、嫌でも視線が釘付けになってしまう。

「啓太さん。お礼は体でお支払いします」

「かかっ、体っ⁉　なっ、ななななな何言って……！」

「ねぇ……わたくしのセーラー服、脱がせて？」

桜子は誘うような目で見つめてきた。どうして抱かれる気満々なんだ、この子は。

彼女の誘惑に負けるわけにはいかない。俺には雪菜先輩という心に決めた子が……って、君も雪菜先輩好きなんじゃないの⁉

じりじりと距離を詰めてくる桜子。石鹸の仄かな香りが鼻腔をくすぐってきて、俺の心拍数はよりいっそう跳ね上がる。

俺は蜜に誘われる蝶のように、桜子の制服に手を伸ばす……わけないだろ！　勉強を教えたお礼にエッチするとかエロ本かよ！

「待て待て！　そもそも、桜子は女の子が好きなんじゃないのか？」

「お姉様が好きなだけで、男性がNGというわけではありません。両方好きです」

「だとしても！　好きな人がいるのに、体でご奉仕はマズいだろ！」

「では、おっぱいだけにしましょう。あれは揉んでも減るものでもないですから」

「発想がおっさんすぎる！」

　おまわりさん、助けて！　桜子おじさんがセクハラしてくる！

「んもう。いい子ちゃんのフリはいいですから。啓太さんもわたくしと同じで、変態という呪われた民の一族ではありませんか。げへへ」

「君と一緒にしないでくれる!?」

「奥手ですねぇ。では、わたくしから参ります」

「うわっ！」

　桜子は俺を押し倒して馬乗りになった。俺の腹の上にぺたんと座り、こちらを見下ろしている。

「啓太さん。少しだけ、ですよ？」

　桜子の下半身と密着しているせいで、彼女の太ももから体温と感触が伝わってくる。温かくて、それでいて柔らかい。

　桜子と目が合う。

　羞恥心が腹の底からせり上がってきて、かあっと顔が熱くなる。

　目をそらすようにして視線を落とすと、そこには桜子の胸があった。下ろしかけたチャックから胸の谷間が見えている。

「ふふふ……子どもみたいに夢中な顔。啓太さんも可愛いところあるんですね」

桜子はくすくすと笑った。

生意気な後輩に乗っかられて、完膚なきまでに征服されている屈辱的なシチュエーション……やめろ！　俺のドM心を絶妙にくすぐるんじゃない！

落ち着くんだ、田中啓太。この程度の色仕掛けで冷静さを失うな。

俺のすべきこと……それは桜子に体でお礼なんて馬鹿な考え方を正すことだろ。そもそも、男の前で軽々しく「体でお礼をする」なんて言ってはいけないのだ。

よし。ここは先輩らしくビシッと注意して、正しい貞操観念を――。

がちゃ。

「来たわよ、下僕……って何やってるのぉぉぉぉ!?」

ぎゃあああああ！

最悪のタイミングで雪菜先輩が部屋にきたぁぁぁぁ！

マズいぞ、この状況。絶対に誤解されている。

「あの、雪菜先輩！　これはですね、その――……」

「わかっているわ。どうせまた桜子の悪ふざけでしょう?」

「え？　ま、まぁそうなんですけど……」

「用事が早く済んだから来てみれば……桜子が迷惑をかけてごめんなさい。すぐにやめさせるわ」

あれ？　俺、今日は珍しくお咎めなし？

そうか。雪菜先輩のお仕置きはおあずけか……くっ！　それはそれで物足りない……！

「お、お姉様っ……！」

桜子は立ち上がって雪菜先輩に向き合った。これから起こる惨劇を前に、怯えた目をしている。

……かと思いきや、逆に目を輝かせていた。

「お姉様！　罰とは⁉　罰とは何をしてくださるのです⁉」

「折檻よ」

「ご褒美タイムですわ！」

桜子はその場でぴょんぴょん飛び跳ねた。うん。ツッコミきれないのでスルーしよう。

「桜子。覚悟はいいわね？」

「ばっちこいです——ぬわっ！」

雪菜先輩は足払いで桜子を転ばせた。

「あっ、お姉様そこは……ぴぎゃあああ！」

ぎちぎちぎちっ！

雪菜先輩は桜子の腕に手を伸ばし、素早く腕ひしぎ十字固めを仕掛けた。

雪菜先輩の美脚に自然と視線が吸い寄せられる。黒いニーソックスに包まれたしなやかな脚が、桜子の顔に当たっている。桜子は苦しそうな顔をしているが、どこか幸せそうにも見えるから不思議だ。

「愛が！　愛が痛いですわ、お姉様！」

「あら。冗談を言う余裕があるの？　なら手加減しなくてもよさそうね」

「え？　手加減って……今のは本気ではない？」

瞬間、桜子の顔が青ざめる。

「あの、お姉様。さすがにこれ以上の愛は、わたくし受け止められないなぁ、なんて……」

「は？　何を言っているのかわからないわ。私、豚の言語は知らないの」

「お姉様のドSスイッチが入っている⁉　ふ、ふふっ……んもう。お姉様のい・け・ず。そんなお姉様も大好きだぞっ？」

「可愛くない。痛み二割増し決定ね」

「謎の採点システムですの⁉　お姉様、ちょま――」

「いくわよ……せぇぇぇいッ！」

ぎちぎちぎちっ！

「ほんぎゃぁぁ！　ママぁぁぁぁぁ！　助けてぇぇぇ！」

桜子はたまらず叫んだ。先ほどまでの余裕はなく、目玉がぶっ飛びそうなほど目を見開いている。

俺も何度もくらっているからわかる。雪菜先輩の本気の関節技、痛いよねぇ……。

雪菜先輩が技を解くと、桜子は腕をいたわるように擦りながら雪菜先輩を見上げた。

「ううっ、ひどいです。わたくしはただ、啓太さんに勉強を教えていただいたお礼をしたかっただけなのに……」

「勉強？　お礼？」

雪菜先輩は首をかしげた。

そうだ。まだ何も説明していなかったっけ。

「あの、雪菜先輩。実はですね……」

俺が事の顛末を説明すると、雪菜先輩は頭を抱えた。

「はぁ……結局、啓太くんに迷惑をかけていたわけね」

「あ、いえ。俺もいい復習になったんで気にしないでください」

「そう……あなたって本当にブレないわね」

雪菜先輩は柔らかく微笑んだ。

ブレないってどういう意味だろう……まぁいっか。なんか褒められているみたいだし。

雪菜先輩はテーブルの前に腰を下ろし、桜子をちらりと見た。

「桜子。いつまでそうしているの。特別に勉強を教えてあげるからこっちへ来なさい」

「ええっ⁉」

瀕死状態だった桜子は勢いよく上体を起こした。そのまま四つん這いの状態になり、はいはいで雪菜先輩に接近する。

「教えていただけるんですか⁉」

「ええ。これ以上、下僕に迷惑はかけられないわ。ほら、どこがわからないの？」

「あ、あの！　化学でわからないところがあるんです！」

桜子は教科書を取り出して雪菜先輩の隣に座った。

「お姉様。もっと近づいてもいいですか？」

「仕方ないわね。こっちへいらっしゃい」

雪菜先輩が苦笑すると、桜子はピタッと肩を寄せた。

「えへへ。お姉様の隣、わたくしが独占しちゃいました」

「まったく……昔からあなたは甘えん坊ね」

「いいじゃないですかぁ。これからも、お姉様のおそばにいさせてくださいね？」

「ふふっ。だーめ。あなたはもっと私離れしなさい」

「ええーっ！」

「ほら。くだらないこと言ってないで、どこがわからないのか教えなさい」

「ぶー！　くだらなくないもん！」

二人の仲睦まじい姿を見ていると、なんだか胸がぽかぽかする。

あれだけキツイお仕置きをされても、桜子は雪菜先輩のこと大好きなんだな。雪菜先輩もなんだかんだ言って桜子の面倒を見てあげているし。二人の絆は俺が思うよりもずっと強固なのだろう。

「お姉様」

「なぁに？」

「えへへ。呼んだだけです」

「集中しなさい。また関節技を極められたいの？」

「か、勘弁してくださいっ！」

「ふふっ。冗談よ」

二人は仲良く勉強している。

……コーヒーでも淹れてあげようかな。

俺は電気ケトルでお湯を沸かし、来客用のカップを出しながら、本物の姉妹のような二人を眺めるのだった。

【雪菜先輩と桜子　～そして二人は本当の姉妹のように～】

桜子に勉強を教えてから数日がたった。

放課後、校門を出たところでスマホが鳴った。

確認すると、桜子から一件のメッセージが届いている。

『啓太さん！　赤点は免れました！　ぶいっ！』

報告の一文とともに、全科目の回答用紙が映っている写真も添付されていた。

平均すると、だいたい70点近くとれていると思う。俺が教えた英語は74点。桜子の役に立てたみたいで本当によかった。

『おつかれさん！　桜子、よく頑張ったね。結果が出てほっとしたよ』

そう返信すると、すぐにスマホが振動する。

『わたくしの実力なら、これくらい造作もなきことですよ！　わたくし、やればできる子！』

「だったら泣きついてくるなよ！」

俺と雪菜先輩のおかげでしょうが。まったく人騒がせな子だ。

「……ま、退学にならなくてよかったよ、ほんと」

苦笑しつつ、スマホをしまって帰路につく。

帰宅すると、先ほどまで連絡を取り合っていた桜子が、当然のように部屋にいた。隣には雪菜先輩もいる。

二人はテレビゲームで遊んでいた。いつものレースゲームである。

画面を見ると、桜子がわずかにリードしている展開だった。直線でジリジリと雪菜先輩を引き離している。

「ふふふ。お姉様の車では、わたくしのデュランダルを抜くことはできません」

桜子は不敵に笑った。なんか知らんけど、車に聖剣っぽい名前をつけている。

間もなくコーナーに差しかかる。今度は雪菜先輩が笑う番だった。

「甘いわね」

ギュルルルルッ！

雪菜先輩は速度を落とすことなく華麗なドリフトを決めた。コーナーでデュランダルを抜き去り、そのままゴールする。

「んなっ……お姉様、今のは⁉」

「覚えておきなさい。このゲームはコーナーで差をつけるのよ」

雪菜先輩は得意気にそう言った。知らないうちに俺より上手くなってるよ、この人。

「ただいま、二人とも」

声をかけると、先に雪菜先輩がこちらを見た。

「おかえりなさい、パンティー啓太。今日は頭に被っていないのね」

「誰がパンティー啓太ですか……それにしても、めっちゃゲーム上手くなりましたね」

「ええ。文化祭が終わってから、だいぶやり込んでいるの」

雪菜先輩が得意気にそう言うと、桜子の眉がピクリと動く。

「文化祭ですか……その言葉を聞くと、あの忌々しい劇を思い出します」

桜子は憎々しげに俺を睨んだ。

「えっと……桜子は俺たちの劇を観てくれたの？」

どうしてそんなに怖い顔をしているのだろう。意味がわからない。

「いえ。文化祭に行った友人から聞いたのですが、劇中にキスシーンがあったそうですね」

あっ……そうか。怒っている理由がやっとわかったぞ。雪菜先輩のことが好きな桜子にとって、あのキスシーンは許せるはずがないよな……。

「啓太さん。あのキスは誰が黒幕ですか？　脚本家？　それとも演者？」

桜子は俺にずいっと顔を近づけた。

「あ、あれは、そのー……」

どうしよう。正直に「犯人は雪菜先輩」と言うわけにはいかないよな……。

「……桜子。あれは勢い余って唇が少しだけ触れてしまったのよ。事故みたいなものなの」

言いあぐねていると、雪菜先輩がフォローしてくれた。

「事故……なのですか？」

「ええ」

雪菜先輩が優しく諭すと、桜子はほっとため息をついた。

「なら安心です。クラスの出し物……いわば『おままごと』でお姉様のファーストキスが奪われるなど、あってはならないことです」

瞬間、空気がピリついた。

桜子の余計な一言が、雪菜先輩の逆鱗に触れたのだ。

「おままごと……ですって？」

雪菜先輩の眉間にきゅっとシワが集まった。彼女の瞳に怒気が満ちていく。

今まで雪菜先輩の怒った顔を何度も見てきた。そのたびに俺は関節技を極められてきた。

でも、こんな雪菜先輩の怒った表情は見たことがない。

たぶん、心の底から怒っている。仲間と一緒に作った劇を小馬鹿にされたことが許せないんだ。

このままではケンカになる。俺は二人の間に立った。

「大人げないですよ、雪菜先輩。桜子は飛鳥のこと知らないんですから」

「どきなさい、下僕」

雪菜先輩は俺をスルーして桜子と対峙した。

「桜子。今、私たちの劇をおままごとと言ったわね？」

「文化祭のクラスの出し物なんて思い出作りでしょう？ 遊びじゃないんですか？」

桜子は「お姉様ったら、そんなにムキにならなくても」とヘラヘラ笑った。

その態度がよくなかった。怒った雪菜先輩は桜子の肩を勢いよく掴んだ。

「いたっ……お、お姉様？」

「勝手なこと言わないで」

「私のことは何を言われても我慢できる。でも、仲間が……飛鳥ちゃんや小未美ちゃんが本気で作りあげた劇を馬鹿にしないで。あなたにあの子たちを嗤う資格なんてない」

桜子は雪菜先輩を怒らせたことにようやく気づいたのだろう。彼女は慌てて謝罪した。

「ごめんなさい、お姉様。わたくし、文化祭の出し物に夢中になった経験がないものですから……お姉様たちがどれほど真剣に劇に向き合ったのかも知らずに馬鹿にしたこと、反省しています」

しかし、雪菜先輩は桜子の謝罪を受け入れようとはしない。申し訳なさそうにしている桜子に対して、何も言わずに帰ろうとした。

「待って、お姉様！」

「桜子の『好きなことに対して胸を張って好きと言える』ところ、私は尊敬していたのに……あなた、人の好きなことは馬鹿にするのね。がっかりしたわ」

「あっ……そ、それは……！」

「……私、今日はもう帰る」

ばたん！

雪菜先輩は勢いよくドアを閉めて部屋を出ていった。

桜子は時が止まったかのようにピクリとも動かない。雪菜先輩の言葉がよほどショックだったようだ。

少し前までは姉妹のように仲がよかったのに……ちょっとしたすれ違(ちが)いでこんなことになるなんて。

俺は桜子の背中にそっと手を添(そ)えた。

「大丈夫(だいじょうぶ)だよ、桜子。今頃(いまごろ)、雪菜先輩も大人げなかったなって反省していると思う。実際、ちょっと言い過ぎていたしさ。だから、あまり気にしないほうが……桜子？」

桜子の目から涙がこぼれ落ちた。

「うぇぇぇん……お姉様ぁぁ……」

「さ、桜子……？」

「お姉様、嫌いにならないでください……今はまだ、わたくしをあなたの隣にいさせてぇぇ……うぇぇぇん」

桜子は子どもみたいに泣きじゃくった。

……「隣にいさせて」ってどういう意味だ？

それにさっきの雪菜先輩の言葉……「桜子を尊敬している」っていうのも、意外すぎて気になる。

「大丈夫だよ、桜子。二人が元の関係になれるように俺も協力するから。ね？」

「うぇぇぇん……啓太さぁぁん……」

「よしよし。泣かない、泣かない」

妙な違和感を抱えたまま、俺は桜子が泣き止むまでそばにいてあげた。

◆

二人がケンカして数日が経った、ある日の放課後のことである。

「じゃあね、飛鳥」

「うん。また明日」

俺は飛鳥と挨拶を交わして教室を出た。

飛鳥は友達と女子会があるとのことで、帰りは俺一人だ……あれ？　あいつ女子だっけ？　段々わからなくなってきたけど、まぁ性別なんて些細な問題だと最近は思うようにしている。性別関係なく、飛鳥らしくいられたらそれでいい。

さて。一人で行動できるのなら都合がいい。

「あの二人を仲直りさせないと……」

廊下を歩きながら、雪菜先輩と桜子のことを考える。

ケンカしたあの日以来、二人とも俺の部屋に来ない。部屋でばったり会うことを避けているのだろう。

さすがに気になったので、二人にメッセージを送ってみた。しかし、既読にはなるものの返信はない。きっとまだケンカ中なんだろうなぁ……。

今日、雪菜先輩の様子を見に、彼女の部屋に行ってみるか。

そんなことを考えながら校門に向かっていると、ふと異変に気づいた。何やら校門の辺りが騒がしい。

近くにいる生徒たちのヒソヒソ話が聞こえる。

「ねぇ。なんか不審者がいるんだけど……」

「何あの怪しい格好。先生に連絡したほうがよくない？」

「でも、あれって女子校の制服だよね？」

物騒だな。不審者って……いやちょっと待て。

今、女子校の制服を着ているって言ってなかったか？

「まさか桜子……なわけないか」

たしかに彼女の中身は不審極まりない。だが、外見はいたってまともだ。不審者扱いされることはない。俺の思い過ごしだろう。

校門を出たところで、近所の女子校の制服を着た女の子が立っていた。サングラスとマスクを装着し、さらには「怪しい者ではありません」と書かれたタスキをかけている。

……残念なことに、少女の髪型は見慣れた銀髪のツーサイドアップである。どう見ても桜子じゃねぇか！

「……ねぇ。桜子でしょ？」

「啓太さん、お待ちしていました。一緒に帰りませんか？　お話ししたいことがあるんです」

「それはいいけど……何そのヤバい格好」

「お姉様に合わせる顔がないので、万が一鉢合わせてもいいように変装したんです。この見た目ならバレないでしょう？」

いや絶対バレるだろ。変装下手くそか。

忘れていたよ。君は変態なだけでなく、ポンコツだってことをね！

はぁ……まぁ少しはふざける元気があるようで安心したよ。

「桜子さえよければ、喫茶店でゆっくり話を聞かせてよ。おごるからさ」

「おおっ、かたじけない！　では参りましょう！」

「……その前に変装解いてね？」

「この格好、わりと気に入っていたのですが……仕方ないですねぇ」

桜子が渋々変装グッズを鞄にしまうのを見届けてから、二人で喫茶店へ向かった。

◆

しばらく歩き、駅から少し離れた喫茶店に到着した。なんでも桜子のお気に入りの店らしい。

木製のテーブルに木製の椅子。ＢＧＭはクラシックだった。店内はどこかレトロな雰囲気が漂っている。客もあまりいないので、落ち着いて話すのに適した場所だ。

「で？　雪菜先輩と仲直りできた？」

尋ねると、桜子は首を左右に振った。

「あれから謝罪のメッセージを送ったのですが……返信はまだありません。お姉様、相当怒っているようです」

桜子はブレンドコーヒーを一口すすった。

「啓太さん。どうすれば仲直りできるでしょうか？」

「その前に聞きたいことがある。二人は元々どういう関係なんだ？」

ケンカの原因は「桜子が文化祭の劇を馬鹿にしたから」だが、どうもそれ以上に根深い問題があるように思える。二人を仲直りさせるには、きちんと関係性を知っておいたほうがいいだろう。

「そうですね……お姉様と出会ったのは中学生の頃です」

桜子は二人の馴れ初めを照れくさそうに話しはじめた。

「意外に思うかもしれませんが、わたくしギャルゲーを嗜みますの」

「全然意外じゃないよ。むしろ想定内だ」

「中学時代、わたくしの隣の席の子がギャルゲーに興味を持ちましてね。オタクでなくとも、これは布教せねばと思うじゃないですか」

「安心しろ。友人を沼に引きずり込もうとするその姿勢はオタクの鑑だ」

「わたくし、その子にギャルゲーを貸してあげようと思い、学校に持って行ったんです。今思えば、まるでオタクのような行動でした。拙者、オタクではござらんのにｗｗｗ」

「一人称が拙者のヤツ初めて見たよ」

「しかし、わたくし失敗をしてしまったんです」

桜子は校門で派手に転んだ。その際、トートバッグに入れていた珠玉のギャルゲーたちが飛び出してしまったらしい。余談だが、その八割が百合ゲーだったそうだ。

「わたくしは思いました……全校生徒に性癖がバレたと！」

「地獄すぎる」

「ちょうどそのとき、クラスメイトの子が通りかかったんです。彼女はわたくしを馬鹿にしました。女の子がギャルゲーなんて変だって」

「……そんなこと言われたのか」

なんてつまらない主張なのだろう。

好きな物に性別なんて関係ない。男の子が魔法少女に憧れてもいいし、女の子が特撮ヒーローの変身ポーズを真似してもいい。他人が誰かの好きな物を否定する権利なんてないはずだ。

「わたくし、頭にきたので言い返しました……百合ゲーが好きで何が悪いって！」

「性癖バレているのにたくましいな。でもよく言った！　かっこいいぞ、桜子！」

「でも、多勢に無勢でした。その子の友達が集まってきて、みんなでわたくしを嗤ったんです。わたくし、怖くなって反論できなくて……」

桜子は「そこに現れたのがお姉様です」と誇らしげに言った。

「お姉様はみなさんに向かって言いました……『好きな物を好きだと言うことがそんなにおかしい？　私は素晴らしいことだと思うわ』と」

「そっか……なんか雪菜先輩らしいかも」

「そのあとは下品な言葉で罵り、彼女たちを泣かせました」

「本当に雪菜先輩らしくていいと思う！」

「そのときのお姉様はヒーローのようで……わたくし、一目惚れしてしまいました」

わかる気がする。飛鳥が文化祭で劇の代役を頼んだときもそうだけど、仲間がピンチのときにはビシッと決めてくれるよな、雪菜先輩って。

「わたくし、その日からお姉様のようなかっこいい女性になることを決めたんです。理想の自分になるまでは、お姉様のおそばにいて様々なことを学ぼうと思いました」

なるほどね。それであのとき「今はまだおそばに」って言ったのか。

雪菜先輩が桜子を尊敬している理由もわかったぞ。性癖ダダ漏れの地獄のような状況でも、自分の好きを貫いた桜子に憧れたのだろう。雪菜先輩はすぐ本音──「好き」って気持ちを隠すからな。

でも、これで二人が互いに尊敬し合っている関係だってことがわかった。

それなら小細工は必要ない。ちゃんと謝れば、雪菜先輩はきっと許してくれるはず。

「雪菜先輩と桜子、すごくいい関係じゃん。仲直りできるよ、きっと」

「でも、返信さえ来ていませんし……」

「付き合いの長い桜子ならわかるでしょ？　雪菜先輩はあまのじゃく。待っているだけだと素っ気ない態度のままだよ？」

「啓太さん……」

「大丈夫。雪菜先輩も桜子と仲直りしたがっているはずだよ。もう一度、直接会って気持ちを伝えてあげて？」

「……はい！　そうします！」

桜子は「今日、お姉様の大好きなチーズケーキを持って謝りに行こうかな」と、仲直りの計画を立て始めた。

よし。これで桜子のほうは大丈夫そうだな。

さてと……それじゃあ、もう一人のめんどくさい先輩のほうもフォローしておくか。

「悪い、桜子。俺ちょっと用事を思い出したからもう行くわ」

俺は机に千円札を置いて立ち上がった。

「そうでしたか。啓太さん、コーヒーごちそうさまでした」

「どういたしまして」

「それと……相談に乗ってくださってありがとうございます。啓太さんはやっぱり優しいですね」

桜子は目を細めて笑った。

彼女の真っ直ぐな言葉が、なんだかむずがゆい。

「ははっ。ちょっとは見直してくれた?」

俺は照れ隠しに冗談を言って喫茶店を出た。

◆

喫茶店からしばらく歩くと、アパートに到着した。

自室には帰らず、雪菜先輩の部屋の前に立つ。

桜子の背中は押した。次は雪菜先輩の番だ。

……とはいえ、相手はあのあまのじゃく。俺の意見を素直に受け入れてくれるだろうか。

不安を覚えつつ、雪菜先輩の部屋のインターホンを押そうと手を伸ばした。

そのときだった。

ドアの向こうから、雪菜先輩の素の声が聞こえてきた。

『やっちゃったぁ……またやっちゃったよぉぉぉぉ！』

でた！　泣く子も萌えるドア越しデレ！

『桜子に酷いこと言っちゃったぁ……一言謝れば済むのに謝れなかった。なんで私って頑固なんだろ……もう！　雪菜のばかばか！』

ほらみたことか。やっぱり雪菜先輩も桜子と仲直りしたかったんじゃないか。

『でもでも、今回私は悪くないよ。桜子が謝りに来るまでは許してあげないわ。私にも先輩としての威厳があるもん……だけど、桜子と早く仲直りしたいし……うぅ～、どうしよう！　啓太くん、助けてぇぇぇ！』

雪菜先輩はドア越しにヘルプを求めてきた。

……ちょっと叫んでもいいかな？

雪菜先輩可愛すぎだろぉぉぉぉぉ！

先輩としての威厳気にしてたのかよ！　ないよ、そんなの！　みんな雪菜先輩がめんどくせぇ人だって薄々気づいてるから！

そして威厳と仲直りを天秤にかけて悩む姿が可愛すぎる！　プライドは捨てて早く謝りなさい！　雪菜のばかばか！

しかも最終的に後輩の俺を頼るだなんて……先輩の威厳どこいったんだよ！　この甘えん坊さんめ！　いいぜ、俺の胸に飛び込んできな！（イケボ）

……などと叫ぶのは下策なので、普通に説得しようと思う。

『ふぇぇぇん……ごめんね、桜子……』

先輩の威厳はどこへやら。雪菜先輩は子どもみたいに謝った。

これがあるから、雪菜先輩は憎めない。

「……大丈夫ですよ、雪菜先輩。桜子も仲直りしたがっていますから」

俺はふっと微笑み、インターホンのボタンを押した。

ややま間があって部屋のドアが開く。

「はい。どちら様で……！」

がちゃん！

俺と目が合うと、雪菜先輩は勢いよくドアを閉めた。

「ちょ、なんで閉めるの⁉」

「そう易々と家にあげるわけにはいかないわ。合言葉を言いなさい」

「女子の一人暮らしなのにセキュリティーが古風！」

なんだよ合言葉って。アジトかよ。

「はぁ……まだ桜子と仲直りできてないんでしょ？　相談くらい乗りますけど」

助け船を出すと、ドアがゆっくりと開いた。

「……そこまで言うのなら、あがってもいいけれど」

雪菜先輩はぶすっとした顔でそう言った。こんなときでも雪菜先輩は通常運転である。

……そういえば、雪菜先輩の部屋にあがるのは初めてだ。毎日のように雪菜先輩が俺の部屋に来るため、行く機会なんてなかった。

というか、そもそも女の子の部屋に入ったことさえない。

……いかん。ちょっと緊張してきた。

「お、お邪魔します！」

靴を脱ぎ、雪菜先輩の部屋に入る。

部屋の真ん中に小さな白いテーブルがあり、その両脇にはテレビとベッドが設置されている。

家具やインテリアも含めて白が多い部屋だった。カーテンだけは薄いピンクで、落ち着いた雰囲気の中に若干の女子らしさがある。

ただし、ベッドだけは少女趣味全開だった。

枕元には大量のぬいぐるみが置かれている。動物からキャラ物まで節操がない。「可愛い物を集めました」感がすごいある。

「おおっ……雪菜先輩の部屋、意外と乙女チックなんですね」

「あまりジロジロ見ないで。恥ずかしいわ」

「ご、ごめんなさい。女子の部屋にあがるの、人生初だったのでつい……」

「そうなの？　じゃあ、私が啓太くんの初めてなのね……えへへ」

雪菜先輩の笑顔は柔らかかった。今日はデレるの早いな。もしかしたら、自分の部屋だと素が出やすいのかもしれない。

目が合うと、雪菜先輩は急にむすっとした顔でベッドに腰かけた。

「啓太くん。適当に座りなさい。下僕には地べたがお似合いだわ」

脚を組んで偉そうにふんぞり返る雪菜先輩。さっきまで「ふぇぇぇん」と泣いていた人の態度とは思えない。

内心で呆れていると、雪菜先輩は言いにくそうに話を切り出した。

「そ、その……啓太くんはあのあと桜子と会った？」

「はい。今日、会って少し話しました」

「そう……桜子の様子はどうだったかしら」

「すごく反省していました。そろそろ許してあげてもいいんじゃないですか？」

俺が床に座って諭すと、雪菜先輩はすねるように唇を尖らせた。

「だって、私は悪くないもの」

「まったく……無駄にプライド高いんだから」

「何よ。啓太くんは桜子の肩を持つの？」

「どちらの味方でもないですけど、桜子は自分の過ちを認めています。雪菜先輩はどうですか？」

「そ、それは……ちょっと言いすぎちゃったかもしれないわ」

しゅん、とうなだれる雪菜先輩。ようやく自分の落ち度を認めたようだ。

「だったら、謝らなきゃ」

「でも、私のほうから謝るのもなんか違うでしょ？　元はといえば、桜子がいけないのだし。こういうのは筋を通さないと」

「め、めんどくせぇなぁ……」

　俺は「じゃあ、こうしましょう」と提案した。

「桜子が謝ってきたら、雪菜先輩も謝る。それならできるでしょ？」

「……わかった。そうする」

　雪菜先輩は仏頂面でそう言った。本当に素直じゃないなぁ、この人は。

「ちょっと啓太くん。何を笑っているのよ」

「あはは。雪菜先輩、謝るって約束できて偉いなぁと思って」

「何よそれ……私のこと、子ども扱いしてない？」

　雪菜先輩は頬をぷくーっとふくらませて俺を睨んだ。その顔が子どもっぽいって誰か教えてやってくれ。

　雪菜先輩の可愛い怒り顔を見て笑っていると、部屋のインターホンが鳴った。たぶん桜子だろう。

「ほら、雪菜先輩」

「わ、わかっているわよ」

雪菜先輩は一度深呼吸をしてから玄関に向かった。俺も後ろからついていく。

ドアを開けたが、そこには誰もいない。

不思議に思った俺たちは外に出た。

「あら……桜子？」

桜子はアパートの廊下に立っていた。俺たちは桜子のもとに向かった。

「桜子……あのね、私――」

「ごめんなさい、お姉様」

桜子は雪菜先輩の言葉をさえぎって頭を下げた。

「わたくし、お姉様の『好き』を馬鹿にしてしまいました。お姉様とそのお友達を馬鹿にしただけでなく、わたくしを尊敬してくださったお姉様の気持ちを裏切ってしまいました……本当に申し訳ございません」

雪菜先輩は桜子の「好きな物を好きって言える性格」を尊敬していた。

その桜子が雪菜先輩の「好き」を馬鹿にしたのだ。雪菜先輩にとってはショックな出来事だっただろう。

でも、今はもう許せるでしょ？

雪菜先輩は素直になれなかっただけ。

自分の非を認めて謝罪したら、また仲良しに戻れるよ。

「……私のほうこそ、ごめんなさい」

今度こそ、雪菜先輩は素直に謝った。

「私も桜子に酷いことを言ってしまったわ。ずっと謝りたかったけど、なかなか素直になれなくて……あなたの憧れた『かっこいいお姉様』じゃなくてごめんなさい。幻滅した？」

「そ、そんなわけないです！　お姉様は今でもわたくしの憧れです！」

桜子は潤んだ瞳で雪菜先輩を見つめた。

「だから……これからも、お姉様のおそばにいてもいいですか？」

キラキラしたその言葉に、雪菜先輩も涙ぐむ。

やや間が合って、雪菜先輩の優しい声がアパートの廊下に響いた。

「仕方ないわね。あなたは本当に甘えん坊なんだから」

「ぐすん……お姉様ぁぁ！」

桜子は泣きながら雪菜先輩の胸に飛び込んだ。

「泣かないの。桜子は笑っているほうが可愛いわ」

雪菜先輩は子どもをあやすように桜子の背中をぽんぽんと叩く。

桜子の安心しきった泣き顔。そして、雪菜先輩の優しい笑顔。二人の美しい表情は仲直りの象徴に他ならない。

二人を見ていると、まるで本物の姉妹に見えてくるから不思議だ。

「お姉様ぁぁ……大好きですぅぅ……ずびーん」

「もう。汚いわね……私も好きよ」

二人の笑顔がまぶしくて、俺はつられて笑った。

……邪魔しちゃ悪いかな。

俺はそっと気配を消して、自分の部屋に帰った。

◆

その夜、自宅でまったりくつろいでいると、インターホンが鳴った。

玄関まで行ってドアを開けると、そこには桜子が立っていた。泣いていたせいか、まだ少し目が赤い。

「こんばんは、啓太さん」

「桜子？　どうしたの、こんな夜遅くに」

「お姉様と仲直りできたので、そのお礼を言いに来ました。その節は大変お世話になりました」

そう言って、桜子はぺこりと首を垂れる。

「律儀だなぁ。そんなのメッセージで済ませればいいのに」

「ちゃんと直接お会いして言葉で伝えたかったんです。あ、これどうぞ」

桜子は茶色い紙袋を俺に差し出した。

「何これ？」

「相談に乗ってくださったお礼です。中身はお楽しみということで」

「ええっ⁉ 俺が好きでやったことなんだから、気をつかわなくてもいいのに……」

「わたくしの気持ちですから。どうか受け取ってください」

「桜子……わかったよ。ありがとね」

感謝の気持ちを無下にするのも気が引ける。俺は素直に紙袋を受け取った。

うおっ……この紙袋、意外と重いな。いったい何が入っているんだ？

「お礼まで貰っちゃって悪いね。俺、ほとんど何もしてないのに」

「そんなことありません。わたくし、最近思うんです。啓太さんはすごく頼りになる方だなぁって」

桜子は頬を赤くして笑った。数日前までは俺に敵意を抱いていたのが嘘みたいな笑顔である。

「ははっ。今日はやけに懐くじゃないか。桜子らしくないぞ」

からかうつもりで言ったのだが、どうも桜子の様子がおかしい。

桜子は俺の言葉を受け入れるように小さくうなずいた。

「そうですね……啓太さんのこと、ちょっぴり好きになっちゃったかもです」

「そっか……えっ？　今なんて？」

「啓太さんのこと、好きになっちゃったかも」

「なっ……何ぃぃぃぃぃっ!?」

まさかの告白に、頬がかあっと熱を持つ。

どうして桜子が俺に好意を……う、嬉しいけどさぁ！　可愛い女の子に好きって言われたらドキドキするけどさぁ！

でも、桜子に限っていえば、俺に惚れるなんてありえないはず。

「好きって……そもそも桜子は雪菜先輩のことが好きなんじゃないの？」

「好きな人が二人いたらダメですか？」

「よくないと思うよ!?」

君はハーレムでも築くつもりか。

「啓太さんのことを考えると、胸がぽかぽかしてくるんです。頼りになる人って素敵です」

照れくさそうに笑う桜子を見て、おもわず胸がドキッとする。

……ちょっと叫んでもいいかな？

お前キャラ違うだろぉぉぉぉぉぉ！

何ちょっと後輩ヒロインぶってんだよ！　お前はただの変態上級者のはずだろ！　「げへへ。お姉様、今日はどんな下着を穿いているんですか？」と言って、ヨダレを垂らしているのがお似合いだわ！

普段は性欲にまみれた汚い瞳なのに、今日に限って澄んだ瞳なのはなんなんだ！　やめろ！　ドキドキしちゃうから！

……などと言えるわけがない。

好きとか言われても困る。

だって、俺は雪菜先輩が好きだから。

「わたくし、お慕いしています……」

桜子は俺に近づいた。彼女のくりくりした大きな瞳に、狼狽している俺が映っている。

ほのかに香る甘い匂いにクラクラしていると、桜子はニコッと笑った。

「好きです……啓太お兄様」

　桜子は顔を赤くして告白を……ってちょっと待て。

「桜子？　今、お兄様って言ったの……？」

「はい。啓太さんは頼りになるお兄様です。大好き！」

　おまっ……好きって「お兄ちゃん、だーいすき！」みたいな意味⁉

　まぎらわしい言い方しやがって……普通に告白かと思ったわ！　俺のドキドキを返せよ！　ばーかばーか！

「啓太お兄様。今日から『お兄様』と呼んでいいですか？　わたくしを妹にしてください」

「いや。全然よくない……というか、すでに呼んでる⁉」

「ふふっ、やはり拒否されちゃいましたか。こんなこともあろうかと、罠を仕込んでおいて正解でした」

「え？　罠って何？」

「啓太お兄様が『お兄様』と呼ばれたくなるような品を選んだのです」

　桜子は俺の持っている紙袋を得意気に指差した。

「意味がわからないんだけど、それってどういう……」

「じゃあね、お兄様！」

　桜子は俺の返事を待たず、パタパタと足音を立てながら帰っていった。

「中身、何が入ってるんだろ……」

俺は部屋に戻り、ベッドに腰かけた。紙袋に手を入れて中の物を取り出す。

「これは……マンガだな。うわ、十冊くらいあるんじゃないか？」

なるほどな。これだけあれば、それなりの重さになるわ。

俺はマンガをベッドの上に並べて表紙を確認した。

「こ、これは……！」

タイトルを見て仰天した。

左から順に『いもうと☆プラス　～実妹でもシようよ、おにーちゃん！』、『親友の妹とこっそりエロいことをしてみた』、『七人の妹　～ベッドの上で七人斬り！～』、『熱闘！妹スケベ甲子園！』、『ぼくの妹はサディスティック』……そこまで確認して見るのをやめた。

……ちょっとガチで叫んでもいいかな？

「全部エロ本じゃねぇかぁぁぁ！」

お礼の品が妹モノのエロ本ってどういうことだよ！　こんな押し売りで妹好きになるわけないだろ！

あとタイトル酷いし！　なんだよ『ぼくの妹はサディスティック』って！　微妙に俺の

性癖押さえてくるのやめろ！

……ま、まぁこの本だけは読んでみようかなっ！

さすがポンコツ女子。俺の予想の斜め上を行きやがる……！

「くそっ。今夜は長くなりそうだぜ……」

俺は横になって『ぼくの妹はサディスティック』をいそいそと開くのだった。

番外編 邪眼王シャロちゃん、友達ができる!?

DOKUZETSU SHOJO HA AMANOJAKU

俺は今、自室でシャロとアニメ映画を観ている。

ジャンルは魔法少女もの。日曜の朝にやっているような女児向けアニメだ。

タイトルは『サビ残魔法少女ねねこ』。よくわからないけど、このアニメに登場する魔法少女は労働基準法に守られていないらしい。

テレビ画面には主人公のねねこが映っている。敵との戦闘シーンだ。

『残業やだもん！　無賃労働やだもん！　あたし魔法少女じゃいられない♪』

突然、悲しい挿入歌が流れた。

その曲に合わせて、俺の隣で制服姿のシャロがキレのあるダンスを披露している。ファンシーな曲調なのに、何故かダンスは激しい。

……一応、こうなった経緯を説明しておこう。

昨日の深夜、『サビ残魔法少女ねねこ』の劇場版の地上波初放送があったらしい。シャロはそれを録画し、今日、帰宅後に自宅で観ようとした。

のだろう。

以前、シャロのお姉さんはイラストレーターだと聞いたことがある。きっと〆切が近いのだろう。

シャロは姉の仕事の邪魔をしてはいけないと思い、家で観るのをあきらめた。

でも、どうしても観たかったのだろう。DVDに映画をダビングし、俺の家にやってきたのだ。

「がんばれー！　ねねこ、負けるなー！」

ねねこに声援を送り、心配そうに画面を見つめるシャロ。どう見ても五歳児にしか見えない。

画面では、ねねこは敵を追い詰めて魔法を唱えている。

『オフィスで一人泣いた夜を数えなさい……くらえ、過労死ファイヤー！』

社会問題の業火に包まれた敵は、キラキラと光をまとって消えてしまった。どんな魔法だよ。

困惑する俺をよそに、シャロはぴょんぴょん跳ねて喜んでいる。

「わーい！　ねねこが勝ったぁー！」

「シャロちゃん。中二病の設定は？」

「シャロちゃん言うな！　ククク……さすが魔法少女ねねこ。彼女の澎湃たる魔力は邪眼に匹敵する。我の右腕にほしいくらいだ」

「そっか。ねねこと友達になりたいの？」

「ねねこが我の眷属など畏れ多い。推しは遥か彼方から見守るのが世の理である」

シャロは推しを遠くから見守るタイプのオタクだった。それは世の理ではなく、ただの奥ゆかしいファン心理だと思う。

「まぁ……お友達は、ちょっぴりほしいけど」

シャロは最後にそう付け足した。

彼女は学校に友達がいない。その奇抜な中二センスに誰もついていけないからだ。本人も寂しがっているし……ちょっと可哀そうだよな。同じ趣味の子がいればいいんだけど、中二病全開の子なんて、なかなかいないもんなぁ。

そんなことを考えていると、玄関のインターホンが鳴った。

「はーい。今行きます」

返事をして玄関に向かう。

扉を開けると、そこには桜子がいた。学校から直接来たのか制服姿だ。

「こんにちは、お兄様。遊びに来ました」

「こんにちは。遊びに来るのはいいけど、その呼び方やめてね」

「あらあら、啓太お兄様ったら。そんなこと言って、本当は妹ができてムラムラしているのでしょう?」

「してねぇわ」

どちらかというと、イライラしてるよ。

「おや。先客がいらっしゃるのです?」

桜子は玄関に置かれたシャロの靴を見てそう言った。

「うん。一人女の子が遊びに来ている。シャロは会ったことなかったよね。紹介するよ」

「そうでしたか。お願いします」

俺と桜子はリビングに移動した。

「シャロちゃん。ちょっといいかな? 俺の友達を紹介するよ」

「シャロちゃんって……あら。わたくしのクラスメイトではありませんか」

「えっ⁉ マジで⁉」

それは知らなかった。

そういえば、二人とも同じ女子高に通う一年生だったっけ。まさか知り合いだったとは驚いた。

あれ？　じゃあ、二人は友達ってこと？

そうでなくても、これから友達になれる可能性がある。

よかったね、シャロ。君にもようやく友と呼べる人ができて。おじさん、嬉しくてちょっと泣きそうだよ。

……などと思っていたが、現実は厳しい。

シャロは桜子と目を合わすと、ぶるぶると震えだした。

「なっ……くっ、久宝桜子！　貴様、何故我が城にいる！」

「ここはあなたの城ではなく、お兄様の部屋のはずですが」

「う、うっさいあほ！　ここは我と眷属の憩いの場なんだから出ていって！」

「つれないこと言わないでくださいよ、シャロちゃんさん」

「ちゃんさん言うな！」

シャロは俺の背後に回り、身を隠しながら桜子と言い合っている。

「えっと……二人は友達じゃないの？」

「犬猿の仲！」

俺の後ろでシャロが吠えた。がるるる、と可愛い声で唸っている。

一方、桜子は苦笑している。

「わたくしはお近づきになりたいのですが、どうやら嫌われているようです」

「そうなのか……シャロちゃん。桜子と仲良くなれない？」

「彼女は我が天敵。手を取り交わすことなど、悠久の時を経てもあり得ないだろう」

シャロはむすっとした顔で桜子を睨んでいる。

よほど桜子を嫌っているようだけど……いったい何が原因なんだ？

考えていると、桜子は不気味に笑いながらシャロに近づいた。手を前に出し、指先をうねうねと触手のように動かしている。

「わたくしに怯えるシャロちゃんさんのお顔……なかなかそそりますねぇ、ふへへ」

「こっち来るな、変態！」

「変態ですか。我々の業界では褒め言葉ですよ。ねぇ、お兄様？」

桜子は俺を見てニヤリと笑った。どうでもいいけど、俺を君と一緒にするのやめてくれる？

でもまぁ、シャロが桜子を嫌う理由がわかった。シンプルに変態が怖いのだ。

「け、啓太のことをお兄様って言うな！　啓太は我の眷属なんだからね！」

「ということは、シャロちゃんさんとわたくしは姉妹というわけですか？」

「何故そうなるの⁉」

「まぁいいではないですか。そんなことより、わたくしと仲良くしましょう？」

「や！」

「その強情な顔を快楽で染め上げて差し上げましょう。ふふふ……はたしてあなたはどんな声で泣くのでしょうね？」

「やめんか」

俺は桜子の頭に軽くチョップした。

彼女は頭をさすりながら、仏頂面で俺を睨んだ。

「むぅ。お兄様はシャロちゃんさんの味方ですか？」

「どっちかというとそうだな。嫌がっていることをするべきじゃない」

「ちぇっ。わたくし、ただ仲良くしたいだけですのに」

桜子は唇をつんと尖らせた。君の「仲良く」は性的な意味も含むから怖がられるんだろうに。

とはいえ、シャロは友達を欲しがっている。桜子が自重すれば、きっと仲良くなれると思うんだけどなぁ……。

考えていると、桜子はテレビを見て声を上げた。

「おおっ！　『サビ残魔法少女ねねこ』じゃないですか！　え、しかも劇場版では!?　わたくし、劇場版は円盤で観ようと思っていたんですよねぇ」

　桜子は食い入るようにテレビを見つめている。

「へぇ。桜子もそのアニメ知ってるの？」

「もちろんです。女児向けアニメと侮るなかれ。このアニメは少女たちの成長を描くだけではありません。社会人の劣悪な労働環境に鋭くメスを入れる展開は、多くの大人から共感を得ています。親子で楽しめるアニメですよ」

　桜子は、ねねこの魅力を饒舌に語り始めた。

　彼女の熱弁を聞いていたシャロが、おそるおそる桜子に近づく。

「あの……桜子ちゃん。ねねこ好きなの？」

「大好きです。わたくし、ねねこは一期からずっと観ていますの」

　その言葉にシャロは目を輝かせる。

　一方で、桜子はテレビに夢中だった。

「あっ、ねねこピンチじゃないですか！　まけるなぁ！　にぇにぇこ、がんがえー！」

　語彙力が幼女レベルにまで落ちた桜子は、真剣な表情でねねこを応援し始めた。

「眷属よ。その、相談があるのだが……」

　シャロは俺にしか聞こえない声でそう言った。

「相談って何？」

「その……桜子ちゃんと、お友達になりたい」

シャロはとても不安気な顔をしている。

そっか。シャロは共通の趣味を持つ同級生をようやく見つけたんだね？

だったら、俺のやることは一つ。

ここは眷属として、背中を押してやらねばなるまい。

「その気持ち、桜子に伝えてみたら？」

「で、でも……」

「大丈夫だよ。ああ見えて、すごくいいヤツなんだ。シャロちゃんとも仲良くなれるさ」

「啓太……」

「それに……シャロちゃんは邪眼王なんでしょ？　友達くらい、簡単に作れるさ」

まぁ俺や樹里、雪菜先輩はもう君の友達なんだけどね。

「そっか……ありがとう、啓太！」

シャロは礼を言って、トレードマークの眼帯を取り外した。

「ククク……我は邪眼王。今、千年ぶりに開眼し、朋友の儀を執り行う」

不敵に笑うシャロの右目は紅く染まっていた。知る人ぞ知る邪眼である。

シャロは桜子に声をかけた。

「あ、あの……桜子、ちゃん」

「どうしました、シャロちゃんさん」

「ちゃんさん言うな！　その……一緒にねねこ観る？」

「ええ、ぜひぜひ」

「じゃあさ、その前に……わ、我とお友達になってくれる？」

シャロはもじもじしながら言った。

そんなに緊張しなくても大丈夫。桜子は怖くない。

だって、彼女は俺と雪菜先輩が推す後輩なんだから。

「もちろんです！　わたくし、シャロちゃんさんに嫌われているかと思ったから嬉しいです！」

「そ、それは……ねねこが好きな人に悪い人はいないと思うから」

「シャロちゃんさん……可愛すぎですよー！」

「わわっ！　だっ、抱きつかないでぇ！」

桜子はシャロに抱きつき、頬ずりしている。相変わらずスキンシップが好きな子だ。

シャロも口では嫌がっているが、桜子を引き離したりしないあたり、満更でもないのだ

ろう。

一件落着だな。

シャロに初めて学校の友達ができて、本当によかった——。

「ぐへへ……シャロちゃんさんのお顔、白くてキレイですねぇ。どれどれ、ボディのほうも確認させていただきましょうね。ぐへへっ……」

「ぴえぇぇぇん！　啓太、助けてぇぇぇぇ！」

うん……二人が仲良くなるのは、まだ少し先かもしれない。

「桜子。シャロちゃんが困っているからやめて差し上げろ」

呆れつつ、俺は桜子に注意するのだった。

第二章　樹里ちゃんの宣戦布告

DOKUZETSU SHOJO HA AMANOJAKU

【雪菜先輩はバイトがしたい】

学校から帰宅すると、制服姿の雪菜先輩が部屋にいた。

雪菜先輩は一枚のチラシを熱心に見ている。普段は本を読んでいるのに珍しい。

「ただいま、雪菜先輩。それ何のチラシですか？」

「おかえりなさい、下僕」

雪菜先輩は挨拶しながらチラシを俺に見せた。駅前の古本屋のチラシで、「アルバイト募集中！　未経験でも大丈夫。スタッフが丁寧に教えます！」と大きく太字で書かれている。

「雪菜先輩、古本屋でアルバイトするんですか？」

「ええ。本は好きだし、私に合っていると思って」

「合っている？　ははっ、おかしなことを言いますね。雪菜先輩にまともな接客ができるわけない――あいてっ！」

　言い終える前に、雪菜先輩は俺のおしりに蹴りを入れた。

「痛いなぁ、もう！　いきなり何するんですか！」

「下僕の分際で調子に乗るからよ」

「じゃあ聞きますけど、バイトやったことあるんですか？」

「ないわ。でも、接客くらい楽勝よ」

　雪菜先輩は得意気に笑った。

　毒舌少女が接客とか、絶対に無理だと思うんだけどなぁ……。

「俺は一年生の頃に半年ほどコンビニで働きましたけど、接客業って大変ですよ？」

「啓太くんにできて、私にできないことなんてないでしょう」

「結構あると思うんですけど……主に対人スキル方面で」

「心配ないわ。あの樹里ちゃんでさえ、メイド喫茶で接客できているのよ？」

　たしかに、あの空気の読めない樹里でも接客はできていた。

　でも、樹里は愛想いいから接客業に向いているんだよなぁ。その点、雪菜先輩はドSだから致命的だと思う。

「そこまで言うなら、ちょっとシミュレーションしてみます？　俺が客やるんで、雪菜先輩は店員やってください」

「わかったわ。投げ飛ばしてあげる」

「うん。客に背負い投げとかするのやめてね？」

おい、義務教育。柔道は接客にいらないスキルだって何故教えてくれなかったんだ。

「不安だなぁ……じゃあやりますよ」

俺は自動ドアが開くジェスチャーをして、入店する真似をした。

「へぇ。ここに古本屋できたんだー」

「ドMの分際でよくも私の店に来られたわね……この恥知らずの白豚め！」

「おいおい。いきなりかよ馬鹿かよ待てよ」

「豚は豚小屋へ！　ガリ勉は塾へおかえり！」

「独特の分別やめろ！　いったんストップです、雪菜先輩！」

ドS接客をする雪菜先輩を止めると、彼女は不満そうに俺を睨んだ。

「啓太くん、どうして止めるの？　何か問題があったかしら」

「むしろ問題しかありませんでしたよ。俺が入店したらそれでもいいですけど、あくまで一般人が来店した設定でお願いします」

「ふぅん。なかなか高度な要求をするわね」

「難しいことは何一つお願いしてないけど……まぁいいか。すみません、これください」

俺は本を差し出す真似をした。

「この本が欲しいの？」

「はい」

「ふん。欲しがりな客ね」

「普通、客は商品を欲しがると思うんですけど……」

「ごちゃごちゃうるさいわね。言い訳はいいから、正直にこの本が欲しいと言いなさい」

「いや言ってるよ⁉」

「聞こえないわ」

「なんで聞こえないんだよ。すみません！　この本をください！」

「この本をくださいだなんて……よくもまぁ大声でそんな卑猥なことが言えたわね」

「卑猥なこと言ってないでしょ……ストップです、雪菜先輩。ドSは封印してください」

「ごめんなさい。啓太くんがドM顔で来店するから、つい」

ついい、じゃねぇよ。そもそもドM顔してないわ。

「啓太くん。私、本の買取業務が不安だわ」

「販売レジ業務も満足にできてないのに？」

まぁ古本屋の買取は大変そうだから、不安になる気持ちもわかるけど。

「じゃあ、またシミュレーションしてみますか……すみません、本売りに来たんですけど」

「お預かりします。この場ですぐに査定しますので、少々お待ちください」

雪菜先輩はお手本のような接客を披露した。先ほどの接客が嘘のようだ。肝心の言葉づかいも修正されているし、これは期待できるかも。

雪菜先輩は本を手に取り、査定するジェスチャーをした。

「一冊目のタイトルは……『イラストでわかっちゃう！　実用的な拷問器具』」

「それはあなたの趣味でしょ！」

「二冊目は『踏まれたい、夏』」

「それは俺の趣味でしょ！」

「三冊目は『ぼくの妹はサディスティック』」

「それは俺の本でしょ！　というか、巧妙に隠していたエロ本の存在がバレている⁉」

「三冊で十万円です」

「まさかのプレミア価格！　ストップ、ストップ、ストップ！」

俺はシミュレーションを中断させた。

わかっていたことだけど、雪菜先輩に接客のバイトは無理だ。飲食店でキッチン専門のスタッフとして働いたほうが断然いい。

「今のやり取りでわかりました。雪菜先輩に接客業は向いてないです」

「そんなことないわ。私、やる気だけは一人前よ?」

「やる気以外は全部ダメじゃないですか……雪菜先輩にはバイト無理ですよ。あきらめましょう」

そう言うと、雪菜先輩は冷たい目で俺を睨んだ。ドSバージョンの蔑む目ではなく、怒りを孕んでいる。

直感で理解した。これはいつもの照れ隠しじゃない。

「……あきらめろですって? 私に指図するなんて偉くなったわね」

「え? いや、そんなつもりは……」

「主人に意見するとどうなるか、再教育してあげる」

雪菜先輩は俺の足に自身の足を絡めてきた。

必然的に俺と雪菜先輩の距離はゼロになる。

「ゆ、雪菜先輩!?」

「慌てないで。これからいいところよ」

雪菜先輩は俺の右脇に自分の腕を通し、首の後ろに回した。そして、反対の手で自分の手をつかみ、オレの首をロックする。

こ、これは……コブラツイストだ！

みちみちみちぃぃ！

「ぎゃあぁぁぁ！」

「心地よい悲鳴ね。目覚ましの音にちょうどよさそうだわ」

「最低の目覚めだろ、それ！」

「あら。まだツッコミを入れる余裕があるようね。強めにいくわ」

ぎちぎちぎちぎちぃぃぃ！

「ほんぎゃあぁぁぁ！　これ無理ぃ！　ギブ、ギブ！」

「ギブ……アーンド・テイクッ！」

「いやこれ以上テイクいらないから！　マジで体が裂けるってぇぇ！」

「体が裂けるといえば、こんな拷問があるわ。古代オリエントでは腹裂きの刑という——」

「やめて、このタイミングで聞きたくない！　雪菜先輩、そろそろ本当に限界です！」

慌ててタップすると、雪菜先輩は俺を解放した。

「いてて……雪菜先輩なんなの？　進学せずに女子プロレスラーにでもなるの？」

「そんなわけないでしょう。私は慶花大学に入学する予定。指定校推薦でね」

そういうことか。どうりで三年生のこの時期に余裕があるなと思ったよ。

雪菜先輩は定期テストで学年一位の結果を残している。成績トップクラスの彼女なら、指定校推薦も余裕だろう。

それにしても、慶花大学か……誰もが知っている有名な私立大学だ。たしか学部によっては偏差値65くらいあった気がする。さすが雪菜先輩。性格はアレだけど、成績は優秀だ。

慶花大学のキャンパスって、たしかこのアパートの最寄り駅から三駅くらいだったよな。駅名は「慶花大学前」とわかりやすかったので覚えている。

なるほどな。学力が高いだけでなく、アパートから近くて通いやすい大学でもあるのか。

雪菜先輩が進学を希望するのもわかる気がする。

「私、そろそろ帰るわね。今度来るときにはドロップキックを……」

「せんでいい、せんで！」

「半分冗談よ。また来るわ」

そう言い残して、雪菜先輩は部屋を出ていった。

半分冗談ってことは半分本気ってこと？　捨て台詞が恐ろしすぎるよ……。

「……っと、そろそろ『いつものアレ』が始まるかな？」

俺は壁際に移動して正座で待機した。

例によって雪菜先輩の素の声が聞こえてくる。

『やっちゃったぁ……またやっちゃったよぉぉぉ！』

もはや恒例行事ともいえる、雪菜先輩のデレタイムが始まった。

『また暴力を振るっちゃった……啓太くん、私のこと嫌いにならないかな？』

嫌いになるわけないじゃないですか。

でも、ドロップキックはやめてくださいね。理由ですか？　痛いからです。

『啓太くんのせいだよ。私にバイトは無理なんて言うから。人の気も知らないで……ばか』

人の気も知らないで？

……どういう意味だろう。

そういえば、バイトする理由を聞いていなかったっけ。

『バイト代を貯めて、クリスマスは啓太くんとデートしようと思ったのに……ふふっ。クリスマスプレゼントあげたら、啓太くん喜んでくれるかな？』

雪菜先輩は『好きな人には、サプライズしてあげたいもん。バイトがんばろっと！』と意気込んだ。

……ちょっと叫んでもいいかな？

雪菜先輩可愛すぎだろぉぉぉぉぉ！

急にバイトしたいとか言うから不思議に思っていたけど、全部俺のためだったんかい！　健気か！　俺のこと好きすぎだろ！

しかも、まだ会う約束さえしていないのに気が早すぎ！　順序逆でしょ！　おっちょこちょいか！　後ろからぎゅってしちゃうぞ、このやろー！

ま、なんだかんだ言って、俺も今からクリスマスの予定空けているんだけどね！

……などと叫ぶと雪菜先輩に聞こえてしまうので、俺はその場で悶えるしかない。

『クリスマス、楽しみだなぁ……えへへ』

雪菜先輩はだらしなく笑った。

これがあるから、雪菜先輩は憎めない。

「雪菜先輩。俺もめっちゃ楽しみです」

このときの俺は完全に浮かれていた。

クリスマス前にあんな事件が起こるだなんて、これっぽっちも想像していなかったのである。

【樹里ちゃんと甘々デート】

放課後、家でくつろいでいると、樹里が遊びにやってきた。

制服姿の樹里は床に寝転がり、俺のマンガを読んでいる。内容はミステリー要素の強いデスゲームもの。黒幕の正体が気になるだけでなく、殺人事件や騙し合いなどもあり、どんでん返し要素の強いマンガだ。

「おおっ……まさか冒頭で死んだと思われていたモブキャラが生きていたとは……！」

樹里はぶつぶつと感想をつぶやきながらページをめくった。

「びっくりだよなぁ。俺もそのシーンは驚いたよ」

声をかけるが、返事はない。よほどマンガに夢中になっているようだ。

……楽しんでいるようだし、邪魔しちゃ悪いか。

俺は最近ダウンロードしたスマホゲームを起動させて、お互い無言の時間を過ごした。

二十分後、樹里によって静寂は破られた。

「んなぁぁぁぁっ！」

樹里は叫びながら手足をバタバタさせて悶えている。

「なんでヒロインがピンチなところで終わっちゃうんすか！　めっちゃ続きが気になるっ

すよ！　早く次の巻を読まなきゃっす！」

樹里は本棚に読み終えたマンガを戻すと、焦ったようにこちらを見る。

「せんぱい！　これが最新巻っすか⁉」

「そうだよ。今月出たばかりの新刊だ」

「今月の新刊ってことは、続きが読めるのは数か月先……」

樹里は「明日から何を楽しみに生きていけばいいんすか」と落胆した。

気持ちはわかる。あのマンガ、いつもいいところで終わるからなぁ。

「啓太せんぱい。ウチに生きる希望をくださいっす」

「どんだけ追い込まれてるんだよ……そうだなぁ。一緒にゲームでもするか？」

「えー。またゲームぅ？」

「おい。なんだその不満そうな顔は」

「ウチのこと、ゲームさせておけば喜ぶ女だと思ってないっすか？　ウチ、そんなに単純な女じゃないっすよ」

「そういえば、最近面白いゲームアプリを見つけたんだけど」

「やるっす！」

「やるのかよ」

ゲームさせておけば喜ぶ女以外の何者でもないじゃないか。

俺は先ほどまでプレイしていたゲームの画面を樹里に見せた。

「最近リリースされたアクションRPGだよ。宇宙人の侵略によって荒廃した未来が舞台で、主人公たちは宇宙船で星々を巡るんだ」

「へー、面白そうな世界観っすね。ウチもインストールしてみるっす」

樹里は自分のスマホを取り出して操作をし始めた。

黙々とチュートリアルをクリアしていく樹里。

十分くらい経ったところで、樹里は手を止めてこちらを見た。

「啓太せんぱい。クリスマスは予定あるんすか？」

「えっ？」

いきなりの質問に心臓がドキッと脈打つ。

約束はしていないが、予定はある。雪菜先輩とデートをするつもりだ。雪菜先輩も「クリスマスが楽しみ」と言ってくれたので、きっと予定は空けておいてくれるはず。

樹里には申し訳ないけど、クリスマスは好きな人と過ごしたい。

「えっと……予定、あるかな」

少々気まずいけれど、俺は自分の気持ちを優先した。

「ふぅん……ま、そうっすよね」

樹里は落胆したが、すぐに破顔した。

「ねっ、啓太せんぱい！　今週末、ウチとデートしましょうっす！」

「えっ⁉　デ、デート⁉」

「はいっす。クリスマスが無理なら、ウチは別の日でもかまわないっす」

「で、でも……」

「ねぇ……いいでしょ？」

樹里は俺の腕に抱きつき、上目づかいで俺を見た。

押し当てられた胸の柔らかさに、おもわず頬が熱を持つ。

「ちょ……樹里。離れろって」

「やだっす。啓太せんぱいがデートに行くって言うまで離さないっすよ」

「お前なぁ……」

「クリスマスはあきらめるっす。だから、せめて一日だけでいい。啓太せんぱいを独占したいんすよ……ダメっすか？」

樹里は甘えるような声でそう言った。

どうしよう。樹里の期待している表情を見ていると、ものすごく断りづらい。つくづく俺は後輩に甘いのだなと思った。

……デートと言っても、後輩と遊ぶだけ。それ以上の意味はない。だったら、こうして部屋で遊ぶのと大差ないよね？

少し後ろめたいけど、樹里の誘いに乗ってあげるか。

「はぁ……わかったよ。週末はスケジュール空けておく」

「ほんとっすか⁉」

樹里は俺から離れて満面の笑みを浮かべた。

「嬉しいっす……啓太せんぱいとデート。えへへ」

あまりにも可愛らしい笑顔で言うものだから、茶化すこともできない。俺は樹里を直視できず、そっと視線を外した。

「まぁ……最近、樹里と二人で出かけることもなかったし……いいんじゃねぇの？　俺も楽しみ、かも……」

頭をぽりぽりかきながら、照れ隠しの言葉が口から漏れた。

何を言ってるんだ、俺は。

これじゃあ、まるで樹里相手にドキドキしているみたいじゃないか。

「はいっす！　ありがとうございます、啓太せんぱい！」

樹里は「どこで遊ぼっかなー！」と言って、スマホで娯楽施設を検索し始めた。

はしゃいでいる樹里を見ていると、怒った雪菜先輩の顔が脳裏に浮かんだ。

違うんです、雪菜先輩！　これは浮気じゃないんですよ！　なんというか、後輩と親睦を深めるデートみたいなもので……いやデートっていうのは言葉のあやです！　ごめんなさい、蹴らないで！

あぁ……こんなふわふわした気持ちのまま、デートなんてしていいのだろうか。雪菜先輩だけでなく、樹里にも悪いような気がする。

複雑な気持ちを抱えたまま、隣で無邪気に喜ぶ樹里を眺めるのだった。

◆

樹里とのデート当日。俺は待ち合わせ場所の駅前に到着した。

周囲を見回しても樹里の姿はない。どうやら俺のほうが先に着いたようだ。

ポケットからスマホを取り出す。待ち合わせ時刻の十分前だ。

もっとギリギリの時間に来たほうがよかったかもしれない。あまり早く到着しても、樹里とのデートを楽しみにしているみたいで癪だ。

「おーい！　啓太せんぱーい！」

声がしたほうに視線を向ける。

少し離れたところに樹里がいた。手を振りながら、小走りでこちらに向かっている。

俺のそばに来た樹里はニコッと笑った。

「お待たせっす……啓太せんぱい？　どうかしました？」

俺は樹里の私服を見て絶句した。

樹里は暗いグリーンのシャツワンピースに、グレーのショートコートを着ている。足元は黒いタイツに黒いスニーカーだ。

普段は短パンとか動きやすい服装なのに……今日の樹里はめちゃくちゃ大人びている。

正直、すごく可愛い。

「おや？　啓太せんぱぁい。ひょっとして、後輩の私服にドキドキっすか？」

「してないよ。ちょっと背伸びしてるなって思っただけ」

嘘です。不覚にも普段とのギャップにドキッとしました。

「えー。せっかくオシャレ頑張ったのにそれはないっすよー」

樹里は頬をふくらませて俺の肩をぱしぱし叩いた。

それってつまり、俺のために悩んで服を選んだってことだよな？

……照れくさいけど、ちょっとは褒めとくか。

「でも……その服、似合ってるんじゃない？」

「ほんとっすか!?」

「いや！　その、ちょっとだけな!?」

「えへへ。啓太せんぱいのツンデレ、いただきっす」

「う、うっさい！　樹里のアホ！」

「あー！　あほって言ったー！」

「いいから行くぞ！」

「あ、待ってくださいっす！」

俺が歩き出すと、樹里が駆け足で横に並んだ。足並みをそろえて歩く様は、他人から見ればカップルに見えるだろうか。そんなことを考えたら、ますます緊張してしまった。

最初から樹里のペースのまま、デートは幕を開けたのだった。

◆

今日のデートプランはすべて樹里に任せてある。どこに行くかは知らされていない。

樹里についていくと、ボーリング場に到着した。建物は四階建てとかなり大きい。なんでもプロも練習に来るくらい有名な場所らしい。

俺たちは受付を済ませてからエレベーターで三階に移動した。

シューズを履き替えて、球を取りに行く。俺は12ポンド、樹里は８ポンドの球をそれぞれ選んだ。

「ボーリング、ひさしぶりだな」

「そうなんすか？　ウチは友達とよく行きますっす」

「へぇ。得意なの？」

「まぁそこそこっすかねー」

ニヤニヤしながら樹里は言った。

さてはこいつ、ボーリングに自信があるな？

樹里は見かけによらずスポーツが得意だ。ボーリングが上手くても不思議はない。

「啓太せんぱい。ウチとボーリング勝負しないっすか？」

樹里の提案に俺は身構える。

「もしかして、罰ゲームあり？」

「もちろんっす」

「うーん。俺はあまりボーリング得意じゃないしなぁ……簡単な罰ゲームならいいけどさ」

「なるほど。じゃあ、敗者は勝者の言うことを何でも聞くっていうのはどうっすか？」

「俺の話聞いてた？」

どう考えても最上級の罰ゲームだった。よほどボーリングの腕に自信があるのだろう。

「俺はジュースを賭ける程度の罰ゲームを想定していたんだけど……」

「やれやれ。まーた啓太せんぱいが駄々こねてるっす」

「俺が悪いのかなぁ⁉」

「ま、そう言うと思って、啓太せんぱいがやる気になる条件を用意したっす。なんと！　啓太せんぱいが勝ったら、特別に景品をプレゼント！」

「景品？　何それ」

「この写真、欲しくないっすか？」

樹里は俺にスマホを見せた。

「こ、これは……！」

画面には雪菜先輩の写真が表示されている。

雪菜先輩は困った顔でピースサインをしている……しかもッ！　メイド服姿でッッ！

「樹里！　お前、このお宝写真をどこで！」

「はい、お終いっす」

「ああん、いけず！」

樹里はスマホをポケットにしまった。

「この前、雪菜せんぱいと飛鳥せんぱいが、ウチのバイト先に遊びに来てくれたんすよ。店長が悪ふざけで二人に制服を試着させたんすけど、そのときに撮った写真っすね」

「なんで俺を呼んでくれなかったんだよ！　雪菜先輩のメイド服姿、この目で見たかったなぁ……あっ」

つい興奮して失言してしまった。死にたい。

樹里はジト目で俺を睨んでいる。

「雪菜せんぱいのことになると、すぐ目の色が変わるんすから……啓太せんぱいのばか」

「あの……本当にすみませんでした……」

「まぁわかっていたことっすけどね。というわけで、啓太せんぱいがウチに勝ったら、この写真をあげますっす」

「ほ、本当か!?」

勝てばメイド雪菜のはにかみチェキが手に入るんだ。

この勝負、負けるわけにはいかない！

「いいだろう。樹里よ。その勝負、受けて立つ！」

「雪菜せんぱいをダシに使うのは負けた気がするっすけど、背に腹は代えられないっす。ボコボコにして差し上げるっすよ！」

樹里は大きな胸を張って不敵に笑った。

ふふふ……樹里め。余裕こいていられるのも今のうちだぞ。

先ほど俺は「ボーリングは得意じゃない」と言ったが、あれはフェイク。何(なに)を隠そう、俺はボーリングが得意だ。ハイスコアは２２１。ひさしぶりとはいえ、そこそこのスコアを出す自信はある。

こんな勝負をふっかけてくるくらいだ。樹里もかなり自信があるのだろう。

だが、さすがに２００は出ないと見ていい。何故(なぜ)ならヤツはボーリングという競技に必要な『集中力』がないからだ。

負けられない……雪菜先輩のメイド服写真、絶対に欲しいのでッ！

「樹里……始めようか。俺たちの最終戦争(ラグナロク)を」

「はぁ。よくわからないっすけど、やる気になってくれて何よりっす」

二人の間に微妙(びみょう)に温度差はあるものの、とりあえず俺たちの戦いは幕を開けた。

「ウチが先攻(せんこう)っすね」

樹里は８ポンドの球を持ち、レーンの正面に立った。

瞬間、空気が一変する。

まるでサヨナラのランナーが得点圏にいるような緊張が走った。

「すぅー……はぁー……」

短い呼吸のあと、樹里は助走をつけた。

一歩目。樹里の胸元にあった球の位置がわずかに下がる。

二歩目。球に添えていた左手を離し、右手をダウンスイングする。

三歩目。球を持った右手を後方へ大きく振り――そして四歩目。

大きな歩幅から繰り出される一投。振り子時計を連想させる、規則的で精密なスイングだった。

放った球は転がっていき、やがて緩やかなカーブを描く。そのまま一番ピンと三番ピンの間に吸い込まれていった。

球はすべてのピンを蹴散らし、甲高い音を響かせた。

「っしゃああ！　ストライクっす！」

樹里は大きくガッツポーズをとった。

……ちょっと叫んでもいいかな？

「樹里お前ガチ勢かよぉぉぉぉぉ！」

「いえいえ。パーフェクトストライク理論には程遠いっす。インステップとアウトステップともにまだまだですし、リフトアンドターンは研究中っすね」

「え⁉　りふ……なんて⁉」

専門用語が多すぎてわからない。やっぱりガチ勢じゃねぇか。

「お前ずるいぞ！　実力を隠していやがったな！」

「はぁん？　啓太せんぱぁい。今さらゲームを降りるなんて言わないっすよねぇ？」

樹里はニヤニヤしながら言った。

人を小馬鹿にしやがって……樹里のくせに生意気な！

「当たり前だ。ドMに二言はない」

一度やると言ったんだ。今さら引き下がれるか。

何より雪菜先輩の写真が欲しい！　あれを待ち受けにして毎朝「おはよう」の挨拶がしたい！

「次は俺(おれ)の番だな」

球を持ち、一度深呼吸する。

俺には樹里のようにカーブを投げるテクニックはない。

ならば――豪速球でピンを弾き飛ばすのみ！

助走をつけて、大きく振りかぶる。

リリースした球は勢いよくレーンの中心を転がっていく。しかし、一番ピンの手前でわずかに右にズレてしまった。

カコンカコン！

ピンが派手に舞い飛ぶ……が、一番左のピンだけ残ってしまった。

行けぇぇぇ……倒れろぉぉぉぉぉ！

「メイド雪菜の写真が欲しいんじゃあああぁぁぁぁ！」

俺の欲望に呼応するかのように、右側のピンが勢いよく跳ね返る。運よく左に飛んでいき、残ったピンを直撃した。

「おっしゃあ！　ストライクだぜ！」

「おおー！　啓太せんぱいも、なかなかやるっすね」

「まぁな。言っていなかったが、俺のハイスコアは２２１。樹里が実力を隠していたように、俺もまた実力を隠していたのだ。ふふふ、恐れ入ったか！　この勝負、お前の独壇場にはさせない――」

カコンカコン！

「わーい！　ストライクっすー！」

「人が話している最中に投げるな！　マナー違反だぞ！」

しかも、何気にまたストライクだし。何なのこいつ。女子プロボーラーなの？

樹里はその場でぴょんぴょん飛び跳ねた。たわわに実った両胸の果実がばいんばいんと上下に揺れる。おっぱいデカすぎだろ。ボーリングの球かよ。

「ほれほれ、啓太せんぱいの番っすよ。ウチの独壇場にはさせないんすよねぇ？」

樹里は煽るようにヘラヘラ笑った。
ム、ムカつく……見てろよ、こんちくしょう！
ゲームは一進一退の攻防が続いた。

樹里も最初こそパーフェクトな内容だったが、徐々にミスが出てきた。そのおかげで俺もなんとかくらいついている。やはり樹里には集中力が足りなかったのだ。

そして、樹里の最後の投球が終わった。

「うっ。痛恨のミスっす……」

樹里はピンを一つだけ残して投球を終えた。

スコアは２０４対１９３。樹里がリードする展開で、俺は第10フレームを迎える形となった。

点差は11。

この場合、俺が勝利する条件として、スペア以上のスコアを出す必要がある。スペアを取れば、点差は1点。第10フレームはスペアを取ると、最後にもう一球投げられる。ラスト一球で2ピン以上倒せば俺の勝利だ。

ここはスペアと言わず、ストライクでかっこよく決めよう。

俺は助走をつけて、慎重に球をリリースする——。

「あっ！　雪菜せんぱいが若い男と二人でボーリングしてるっす！」

「何ぃぃぃぃ!?」

すぽーん。

動揺して指がすっぽ抜け、ガターになってしまった……って、そんなことはどうでもいいわい！

「樹里！　雪菜先輩のツレはどこだ！　ハンパな男だったら父さんは許しませんよ！」

「すみません。見間違えでしたっす」

「なっ……お前まさか！」

「なははー。盤外戦術ってヤツっすね」

樹里はニヨニヨ笑っている。

おのれぇぇぇ！　男の純情を弄ぶとは卑劣な！

「樹里！　俺をはめたな⁉」

「なははー、引っかかる啓太せんぱいが悪いんすよ。勝負が決まる一投っすよ？　ほら、集中集中」

樹里はけらけら笑いながら、俺の肩をバシバシ叩いた。

落ち着け、俺。煽られたくらいで冷静さを失うな。まだチャンスはある。次で10ピン倒せばスペアとなり、最後にもう一球投げられる。その一投で2ピン倒せば俺の勝ちだ。

今度こそ、樹里の言葉には翻弄されない。絶対にだ。

そう自分に強く言い聞かせて、俺は投球モーションに入る――。

「あっ！　雪菜せんぱいがパンチラしてるっす！」

「何ぃぃぃぃ⁉」

すぽーん。

再び指がすっぽ抜ける。投げた球は中心から遠ざかっていき、再びガターになった……ってそれどころじゃないわい！

「ズルいぞ、樹里！　パンチラは男のロマン……嘘だとわかっていても反応しちゃうよ！」

「パンツで動揺する啓太せんぱいが悪いっす。何にせよ、ウチの勝ちっすね！」

まんまとパンツの上で踊らされたってわけか……くっ！　雪菜先輩の写真、欲しかったのに！

「さて。ではでは、罰ゲームのお時間っす」

そうだ。罰ゲームの存在を忘れていた。

何を要求されるのだろう。新しいゲームを買ってとか？　あるいは、俺にメイド服を着させるとか？

ドキドキしていると、樹里は言いにくそうに口を開いた。

「あの……ウチと手を繋いでほしいっす」

「はっ？」

予想外のお願いに、おもわず素っ頓狂な声が漏れた。

「えっと……手を繋ぐの？　俺と樹里が？」

樹里の隣に座って聞き返すと、彼女は顔を赤くして小さくうなずいた。

「今日はデートだから……それっぽいこと、したいなぁって思って」

「で、でも、普通そういうのって恋人同士がするものであって……」

「その、今日だけは恋人っていう……設定で……あの、ダメっすか、ね……？」

樹里はもじもじしながら、小さな声でそう言った。

好き勝手に命令できる権利がありながら、手を繋ぐという罰ゲーム……ピュアすぎるだろ。不覚にもちょっと可愛いとか思ってしまったじゃないか。しかも、地味に『今日だけは恋人という設定』という二つ目のお願いがあるのも微妙に可愛い。

「啓太せんぱい。今日だけでいいので、ウチのワガママ聞いてほしいっす……ダメ？」

樹里はおずおずと尋ねた。

本当は断るべきなのかもしれない。好きな人がいるのに、恋人ごっこはよくないことだ。

だけど……ずるいよ、樹里。

そんな怯えるような顔でお願いされたら断れないじゃないか。

「……わかったよ。恥ずかしいから、ちょっとだけな？」

「本当っすか⁉」

樹里の顔がぱあっと輝く。

その嬉しそうな笑顔に、おもわずドキッとしてしまった。

「啓太せんぱい……し、失礼しますっす」

樹里はおずおずと手を伸ばして俺の手を握った。

しかも、指を絡めた恋人繋ぎで。

「そ、そんなにがっつり握るの？」

「い、いいのっ！　今日は恋人なんすから！」

　樹里は手にぎゅっと力を込めた。

「……おっきい。男の子の手っす」

「そりゃまぁ、そうだよ」

「そ、そうっすよね……ほっ、ほら啓太せんぱい！　感想はないんすか？　後輩女子とラブラブっすよ？」

「ちっちゃくて可愛い手だなって思った、かな」

「えっ？　な、なるほど。そりゃどうも……っす」

「うん……」

「なははー……」

　会話が途切れて気まずい空気が流れる。

　胸の内側がむず痒いのは恥ずかしいからか。それとも後ろめたいからか。たぶん、どっちもだろう。

　ちらりと樹里を見る。樹里も俺の視線を感じたのか、顔をこちらに向けた。

「ウチ、ずっとこうしていたいっす」

「えっ？」

「だって、啓太せんぱいと雪菜せんぱいは、もう……」

樹里はそこで言い淀んだ。何か大事なことを言いたそうに唇を動かしたが、結局何も言わなかった。

「もう、の続きは？」

尋ねると、樹里は俺に近づいた。

お互いの肩が触れ合う。微かにシャンプーのいい香りがする。今まで気づかなかったけど、樹里の髪の毛ってこんなにサラサラだったんだ。

「啓太せんぱい」

「お、おう？」

「ウチ、啓太せんぱいのこと――」

『よーしっ！　ボク、今日はスコア１０００点だしちゃうぞー！』

突然、フロアに大声が響いた。

ボーリングに１０００点はないだろ……いや、問題はそこじゃない。

今の声、すごく馴染みのある声だったような気が……というか、一人称が『ボク』だったよね？

まさかと思い、声の聞こえたほうをちらりと見る。

少し離れたレーンで、赤い髪の子がシューズを履き替えている。

「うおっ！　やっぱり飛鳥だ！」

飛鳥だけではない。クラスの女子が数人いて、その中には小未美の姿もある。

俺は、はっとした。

……俺と樹里が手を繋いでいるこの状況を見られたらどうなる？

まず飛鳥が黙っていない。付き合っていると勘違いされた挙句、とことん追及されると思う。

しかも、飛鳥と小未美は雪菜先輩と演劇を通じて仲良くなった。当然、雪菜先輩にも今日のことを話すだろう。

そうなれば、確実に修羅場が待っている。

……さすがにシャレにならない。いつものようにお仕置きだけで水に流せるレベルじゃないぞ。

「樹里。うちのクラスの女子が来た」

「わかったっす。ウチらの仲を見せつければいいんすね？」

「社会的に死ぬわ！　見つからないように逃げるの！」

「えっ……もう終わりっすか？」

「ああ。ほら、行くよ」

俺は樹里の手をほどき、シューズを履き替えて球を返却した。

「樹里も急げって」

「……もっと繋いでいたかったなぁ」

樹里は先ほどまで繋いでいた手を寂しそうに見つめていた。

そんな切ない顔するなよ。俺が悪いことしたみたいじゃないか。

まったく……ほんと、世話の焼ける後輩だな。

「……ほら」

俺は手を差し出した。

「え？　なんすか？」

「この建物を出るまでは手を握っていてやるから。ぱっ、罰ゲームだから仕方なくだぞ？」

「啓太せんぱい……そういう優しいところがズルいんすよ」

「あ？　なんか言った？」

「なははっ。なーんも言ってないっすよ」

樹里は楽しそうに笑い、俺の手を握った。

「うわー。啓太せんぱいの手、汗でべちょべちょっす」

「ええー……嫌なら離せよな」

「やーだよーっす」

樹里は「我慢して繋ぐっす！」と言って笑った。

はぁ……樹里と手を繋ぐのに緊張して手汗をかいたなんて、口が裂けても言えないな。

「樹里。今度こそ行くぞ」

俺たちはエレベーターに向かって走り出した。

「啓太せんぱい。なんか恋の逃避行って感じっすね。燃える展開っす！」

「どこが？　見つかったら俺死ぬよ」

「安心してくださいっす。残った骨は拾って骨壺に入れるっすから」

「燃える展開って火葬のこと⁉　お願い。葬儀しないで、生きるから」

「わかりましたっす。埋める展開に変更っすね」

「土葬じゃん！　さっきから俺の命を粗末に扱いすぎ！」

俺たちは小声で漫才をしつつ、逃げるようにボーリング場をあとにした。

外に出て、樹里の手を離した。俺は両手を膝の上に置き、呼吸を整える。

「はぁっ、はぁっ……み、見つからなかったよな？　大丈夫だよな？」

デート現場を飛鳥たちに目撃されてみろ。あっという間に学校中に広まるぞ。

「……見つからないほうが、啓太せんぱいは嬉しいんすね」

樹里はつまらなそうに唇を尖らせた。

「え？　いや、だってそりゃあ……」

「ウチと一緒にいるの、嫌なんすか？」

「……アホか。そんなわけないだろ」

あまりにも寂しそうな声だったので、おもわず否定した。

「お前と一緒に遊ぶ時間、俺は好きだよ……たっ、楽しいって意味だぞ？」

自然と「好き」なんて言葉が出てしまい、顔が一気に熱くなる。ツンデレか、俺は。

「……なはは。ウチも啓太せんぱいと一緒にいるの、嫌いじゃないっすよ」

樹里はほんのり頬を赤くして目を細める。

「なんで上から目線なんだよ。アホのくせに生意気な」

「あー、またあほって言ったっす！　啓太せんぱいもあほのくせに！」

「なんでだよ。俺はアホじゃないだろ」

「啓太せんぱいはあほっすよ……ウチのこと、女の子として見てくれないもん」

「えっ？　お前、何言って……」

「なんでもないっすよーだっ」

樹里はちろっと舌を出して、あっかんべーをした。

か、可愛いじゃんかよ……いや待て今のナシ！　樹里がいくら可愛い仕草をしようが、雪菜先輩の可愛らしさの足元にも及ばんわ！

心の中で自分の抱いた感想を否定していると、樹里は俺の腕を引っ張った。

「ほら、啓太せんぱい！　次はどこ行きます？　デート、楽しみましょうっす！」

「そうだなぁ……ボーリングで疲れたし、ちょっと休憩できる場所に行かない？」

「了解っす。ならゲーセンっすね！」

「俺の話聞けよ」

どう解釈したらゲームセンターに行こうと思えるんだ。流れ的に喫茶店とかだろ。

「休憩するには早いっすよ。まだボーリングしかしてないっす」

「でも、いろいろあって疲れたし……」

「は？　誰の許可を得て疲れてるんすか？」

「なんでお前の許可がいるんだよ。この近くにたしか喫茶店あったよな？　そこに――」

「もぉー。いいから、いいから」

「あっ！　おま、引っ張るなって！」

俺は笑顔の樹里に腕を引かれてゲーセンに向かった。

しばらく歩くと、目的地のゲーセンが見えてきた。

ここって……中学時代、樹里がよくダンスゲームで遊んでいたゲーセンじゃん。俺はここで素の樹里を知り、それがきっかけで打ち解けたんだっけ。

「なははっ。ウチと啓太せんぱいといえば、このゲーセンなしでは語れないっすからね。樹里は本当にここが好きなんだね」

今日はここに来たかったっす」

「懐かしいな。なんだか昔に戻ったみたいだ」

「えー。啓太せんぱい、おっさんくさいっす」

「おっさん言うな。ほら、行くよ」

俺たちはゲーセンに入った。

店に入ってすぐのところにクレーンゲームがたくさん並んでいる。奥にはメダルゲームのほかに、樹里がよく遊んでいたダンスゲームがあるはずだ。

「樹里。何して遊ぶ？　やっぱりダンスか？」

「お、いいっすね。でも、今日はクレーンゲームの気分なんすよ」

樹里は他の台には目もくれず、とあるクレーンゲームの前に俺を連れてきた。

「啓太せんぱい。これ、取ってほしいっす！」

「え、俺が？」

クレーンゲームの景品は犬のぬいぐるみだ。垂れ目でぐったりした犬のキャラクターで……名前は『ゆるわんこ』だった気がする。最近、女子高生の間で人気があるらしい。

台を観察する。景品ダクト上にクレーンがあり、ボタンで操作して景品を取るオーソドックスなタイプだ。

操作ボタンは二つある。一つ目のボタンはアームを右へ、二つ目のボタンは前へ動かせるようだ。

「ウチ、こういうの苦手なんすよ。啓太せんぱい、任せたっす！」

「ちょっと待ってくれ。俺も得意じゃないよ？」

「ダメっす。あの景品を取ってくれるまで、このゲーセンから出られないんで」

「なんだその迷惑なルールは……取ってあげたいけど、俺も苦手だしなぁ」

「そう言わずに。ゆるわんこ、欲しいんすよ。お願いしますっす！」

樹里はぺこりと頭を下げた。

……ここまでお願いされたら、断るわけにもいかないか。

自信はないけど、とりあえず挑戦してみよう。

「わかったよ。ただし、あまり期待しないでよ？」

「ありがとうございますっす！　あ、そうだ、お金……」

「いいよ。俺が出すから」

「え？　いや、それはさすがに悪いっすよ」

「取ったら樹里にプレゼントしたいからさ。プレゼント代を相手から貰うのは変だろ？」

俺としては、当たり前のことを言ったつもりだった。

しかし、どういうわけか樹里はすごく嬉しそうだった。

「……なははっ。プレゼント、超楽しみっす！」

人懐っこい笑顔につられて自然と俺も笑顔になる。

「大げさだな、樹里は」

「大げさじゃないっすよ。啓太せんぱいのプレゼントは特別っすもん」

「はいはい」

苦笑しつつ、俺は財布から小銭を取り出した。

お金を投入口に入れる前に、俺はとある事実に気づいた。

「……樹里。お前、この店に来てから一直線でこの台まで来たよな？　他の台には目もくれず、まるでこの台にお目当ての景品があるのを知っていたみたいに」

「ふえっ？　そ、それは……」

「もしかして、デートの下見に来たの？」

そのときにゆるわんこの景品を見て「啓太せんぱいに取ってもらおう」って思ったの？

「い、いいじゃないっすかぁ！　デートする場所の下見をしたからなんなんすかぁ！」

樹里は顔を赤くして俺の胸をぽかぽか殴った。

「わ、悪かったよ。その話はもうしない」

「ふんっ。わかればいいっす」

樹里は「ほんと、デリカシーのない人っすね」と怒っている。

な、なんで？　俺、悪いことしたか？

半ギレの樹里に見守られつつ、俺は投入口に二百円を入れた。

ちゃりん。ちゃりん。

一つ目のボタンを押して、アームを右へ動かす。

「啓太せんぱい！　まだ止めちゃダメっすよ！　もうちょいっす！」

「ええい、うるさい！　気が散るからお口にチャック！」

樹里を注意しつつ、タイミングを見計らってボタンを離した。同時にアームの動きが止まる。自信があるわけじゃないけど、悪くない位置に停止したのではないだろうか。

二つ目のボタンを押すと、アームがゆるわんこに向かって動き出した。

狙いはぬいぐるみのタグ。あそこにアームを引っかけてみようと思う。

「いっけぇぇぇぇぇ！」

ボタンを離すと、再びアームが止まった。そのままゆっくりと降下する。

うぃーん。

すかっ。

アームはタグには引っかからず、虚しく空を切った。

「あー、惜しいっす！」

「まだ一回目だからな。次こそは！」

「がんばって、啓太せんぱい！」

ちゃりん。ちゃりん。

うぃーん。

すかっ。

また何も掴めなかった。

「あ……っ、次は取れそうな気がするなぁー！」

「啓太せんぱい。ウチからお願いしておいてアレなんですけど、無理はしないほうが……」

「心配するな。次は必勝の予感がする！」

「それパチンコで負ける人の常套句っす……」

樹里は悲しそうな目で俺を見た。憐れむなよ。

俺は再びお金を入れた。

ちゃりん。ちゃりん。ちゃりん。

うぃーん。

すかっ。

「あーはいはい、把握した。次取れそうだわ」

ちゃりん。ちゃりん。ちゃりん。

うぃーん。

すかっ。

「次だ！　次は取れそうな気がする！」

ちゃりん。ちゃりん。

うぃーん。

すかっ。

「ぐぬぬぬっ……！」

「け、啓太せんぱい？　あの、ムキにならなくても……お金、結構使っちゃってますし」

「気にするな。樹里は俺のプレゼントを受け取るシミュレーションだけしていてくれ」

「啓太せんぱいの、プレゼント……」

樹里は「わかったっす、がんばって！」と声援を送り、俺の肩を嬉しそうに叩いた。

そんなにこの景品が欲しいのか。これは絶対に取ってやらねばなるまい。

気合を入れなおし、俺はクレーンゲームを続行した。

しかし、景品はなかなか取れない。

だいぶこのゲームにお金を使ってしまった。この後のデートでもお金はかかるだろうし、次がラストチャンスか。

樹里も応援してくれているし、なんとか取ってあげたい。

俺は硬貨を投入し、震える指で台のボタンを押した。

――もう後がない。

そんな緊張感にあっさり負けた俺は、ボタンを離すタイミングを間違えてしまった。クレーンは想定していた停止位置から微妙にズレている。

「しまった。あの位置だと、アームにタグが引っかからないか……？」

「啓太せんぱい、メンタル雑魚っすね……」

「やめて、追い詰めないで！　自分でもよくわかってるから！」

どうせ俺はゲームも恋愛も本番に弱い男だよ！　ヘタレで悪かったな、ちくしょう！

くっ。この状況ではタグを狙うのは難しい。

ならば作戦を変更しよう。狙いはゆるわんこの頭だ。

……とはいえ、頭部とアームの位置関係も若干ズレている。はたして掴めるだろうか。

「でも、他にいい方法は思い浮かばないし……ええい、やっちゃえ！」

考えるのを放棄した俺は、二つ目のボタンを押してアームを動かした。

タイミングよくボタンを離すと、ゆるわんこの頭上でアームが止まる。くっ、やはり多少横にズレていたか……。

ゆっくりとアームが降下する。

樹里は手を合わせてアームに祈った。

「アームさん、お願いっす……！」

うぃーん……がしっ！

樹里の願いは届いた。アームがゆるわんこの頭部を掴んで持ち上げたのだ。

しかし、アームがズレた影響でかなり不安定だ。あれでは途中で落下するかもしれない。

「いけっす！　がんばって、ゆるわんこ！」

樹里の声に呼応するかのように、ゆるわんこは驚異的な粘りをみせた。ふらふらと頼りなく揺れ動きながらも、必死にアームにくらいついている。

そして、ゆるわんこは景品取り出し口に落とされた。

「マジか……あの状態から取れるなんて思わなかったよ」

「うぉぉぉっ！　やったっす！　啓太せんぱい、すごいっす！」

大喜びの樹里は俺に抱きついてきた。

恥ずかしくなり、頬がかあっと熱くなる。樹里が大声を出したせいで、周囲の人が抱き合う俺たちに注目しているのだ。

「啓太せんぱい、やればできる子っす！　えらい、えらい！」

「お、おい樹里。その、みんな見てるからさ……」

「へっ？　あっ……」

我に返って自分の行動を恥じたのか、樹里は俺から離れた。

「……なははー。ごめんなさいっす。また子どもっぽいところ見せちゃいましたね」

「気にすんなって。子どもっぽくても別にいいじゃん。素の樹里のほうが俺は好きだよ」

「……ふふっ。またそうやって人を喜ばせるんすから」

樹里はわずかに口角を上げ、景品取り出し口からゆるわんこを取り出した。

「なはは。君、今日からウチの子になるんすよー？」

樹里はゆるわんこの頭をなでながら「名前はケイタがいいっすね」と命名した。やめろ。どうしてぬいぐるみに俺の名前を……って、ちょっと待て。

「……樹里ってぬいぐるみに名前つけたりしてるの？」

「えっ⁉　いや、それはそのー……」

「というか、ぬいぐるみと会話したりするんだ？」

「あうぅ……」

樹里は困ったように笑った。

「高校生にもなって、ぬいぐるみとおしゃべりするの、変っすかね？」

「変ではないけど、意外だなって思ったかな」

「そ、そうっすか……嫌だなぁ。また啓太せんぱいに馬鹿にされちゃうっす。なはは……」

樹里は真っ赤な頬を指でぽりぽりかいた。

……ちょっと叫(さけ)んでもいいかな？

樹里のくせに可愛(かわい)すぎだろぉぉぉぉぉ！

何が「変っすかね？」だよ！　全然変じゃないよ！　あの雪菜先輩でさえ、家の中ぬいぐるみだらけなんだから！　むしろ、そういうありのままの自分をどんどんさらけ出していこう！　恥ずかしいところ、丸出しでいこう！　心は全裸(ぜんら)でいいんだからさ！

あと言っておくけど、俺、樹里のこと馬鹿にしてないから！　いつも明るく前向きで！　等身大で俺に甘えてきやがって！　喜怒哀楽に正直で！　俺や雪菜先輩にはない魅力だよ！　そういうとこ大事にしろ！

口には出せないけど……樹里は可愛くて性格のいい女の子だと思う。

……などと言えるはずもなく、俺は黙った。

「啓太せんぱいからのプレゼントだ……えへへ」

樹里はゆるわんこをぎゅっと抱きしめた。

何がそんなに嬉しいのかわからないが、喜んでもらえて何よりだ。

「ぬいぐるみ、大事にしろよ」

「はいっす！　ありがとうございますっす！」

樹里のイキイキした表情につられて、自然と俺も笑顔になる。

クレーンゲームを堪能した俺たちはゲーセンを出た。

その後、俺たちはいろいろな場所に行った。服屋、本屋、レストラン……どこに行っても樹里は終始楽しそうだった。

夜になり、俺たちは公園のベンチで休憩することにした。

普段は子どもたちで賑わう公園だが、今は人っ子一人いない。昼間の喧騒が嘘みたいに静かだ。

　俺たちは外灯に照らされたベンチに腰かけた。

「なははー。今日はよく遊んだっすねぇ」

「樹里は元気だな。俺は疲れたよ」

「あー。まーたおじさんくさいこと言ってるっす」

「誰がおじさんだ！」

「なははっ！　おじさんが怒ったっすー！」

　樹里は目を細めて笑った。

　俺がおじさんだとしたら、お前はおじさんとデートしたことになるんだぞ？　いいのか？

女子高生とおじさんの組み合わせは混ぜるな危険だぞ？

　ツッコミを入れてやろうかと思ったが、樹里の表情を見て言葉を飲み込んだ。

　さっきまで笑っていた樹里だったが、今は顔が青白くなっている。

　なんだ？　体調でも悪いのか？

「樹里。どうかしたの？」

「ない……ないっす……！」

　樹里は慌てた様子でベンチ周辺を見回している。

必死に何かを捜す樹里を見て俺も焦る。

「俺も捜すよ。何がないんだ？　スマホか？　財布か？」

尋ねると、樹里はぼそっと一言。

「啓太せんぱいから貰った、ゆるわんこがないっす」

樹里は今にも泣きだしそうな顔で言った。

「ない、ないよぅ……」と切ない声を漏らす樹里。まるで宝物を失くした子どもみたいな表情をしている。

樹里の青白い顔を見ていると心がひりつく。

そんな顔しないでくれ。俺、元気のない樹里なんて見たくないよ。

笑顔がまぶしくて。ぎゃあぎゃあと騒々しくて。言いたい放題で……ちょっぴり甘えん坊な樹里じゃなきゃ嫌だ。

今日一日、隣で笑っていた樹里の顔がまぶたの裏に浮かんでくる。

『おや？　啓太せんぱぁい。ひょっとして、後輩の私服にドキドキっすか？』

『い、いいのっ！　今日は恋人なんすから！』

『うぉぉおっ！　やったっす！　啓太せんぱい、すごいっす！』

『啓太せんぱいからのプレゼントだ……えへへ』

そうだよ。やっぱり樹里はうるさいくらいがちょうどいい。

絶対に取り戻す。失くしたぬいぐるみも、樹里の笑顔も。

「捜そう、ゆるわんこ」

俺は樹里の肩に手を置き、そう提案した。

「樹里。ゆるわんこは白い不透明のビニール袋に入れていたよな？」

尋ねると、樹里は無言のまま、こくりとうなずく。

俺たちは手分けしてゆるわんこの捜索を始めた。

ベンチの下、公園の入り口、遊具やトイレの周辺……思いつく場所はすべて探したが見つからない。

「公園にはなさそうだな。次は今日遊んだところを捜そう」

「えっ？」

樹里は驚きの声を上げて俺を見た。

「で、でも、今日はいろんなところに行ったっすよ？」

「うん。ま、全部見て回ればいいんじゃね？」

「大変っすよ。啓太せんぱいに悪いっす」

「そんな悲しいこと言うなよ。付き合うから一緒に捜そう」

「いや、でも……」

「うるせー！　樹里のくせに気をつかってんじゃねー！」

俺は樹里の頭をわしゃわしゃと揉みくちゃにした。

「わわっ！　何するんすかぁ！」

「俺が尊敬している樹里は空気なんて読まない。自分の感じたことや思ったことを大事にして、それをちゃんと発信できるすごいヤツだ」

「啓太せんぱい……？」

「前に言ったろ？　俺の前では素の樹里でいてくれていいんだって。遠慮なんてするなよ。お前のワガママくらい、全部受け止めてやるから」

俺たち長い付き合いだろ。今さら背伸びして気をつかっても無駄だっての。

やや間があって、樹里は笑った。

「なははっ。そうでしたっすね。啓太せんぱいは奴隷のように扱っていいんでしたっす」

「その解釈は違うと思うよ!?」

俺がいつお前の奴隷になったんだよ……まぁ俺をイジるくらいには元気が出たようで何

よりだけど。

「啓太せんぱい！　ウチ、ゆるわんこ欲しいっす！」

「よく言った！　じゃあ手分けして捜すぞ。俺はレストランに行ってみる」

「じゃあ、ウチは立ち寄った服屋と本屋を回ってみるっす！」

俺と樹里は再び合流する約束を交わし、二手に分かれた。

◆

捜索を開始して一時間後、俺と樹里は公園で合流した。

「見つからなかったっすね……」

「うん……」

俺たちはベンチに座り、盛大に嘆息した。

レストランに戻った俺は、落とし物が届いていないか店員に尋ねた。しかし、ぬいぐるみは届いていないという。

同様に樹里は立ち寄った他の店をすべて回ったが、ぬいぐるみの落とし物はなかったらしい。

夜も遅いし、これ以上の捜索は無理だ。

残念だが仕方ない。後日、同じぬいぐるみを取ってあげる作戦に切り替えるか。

今後のことについて考えていると、樹里の乾いた声が隣から聞こえた。

「大切なプレゼントだったのに……申し訳ないっす」

なははっ、と樹里は力なく笑った。

……まったく。そんな顔するなっての。

「元気だせよ。今度ゲーセン行って同じもの取ってやるから」

「それはいいっす」

樹里は首を左右に振った。両目には涙が溜まっている。

「なんだよ。もっと頼ってくれていいんだぜ？」

「あのゆるわんこじゃなきゃ嫌なんすよ」

「……どういう意味？」

「だって……あのゆるわんこは、啓太せんぱいがウチのために頑張って取ってくれたプレゼントだから……初デートの、初プレゼントだから！　ただの景品かもしれないけど、ウチにとってはすごく大切な物なんすよ！　あれと同じ物なんて存在しないっ！」

樹里の涙声が夜の公園に虚しく響いた。

「樹里、お前……」

「やだな……自分の不注意で失くしたのに、啓太せんぱいに当たっちゃった……本当、何やってるんすかね、ウチ」

樹里はぐすんと鼻水をすすり、ベンチの上で体育座りをした。

おもわず力強く拳を握る。爪が手に食い込んで痛い。何しているんだ、俺は。慕ってくれる後輩を笑顔にさせてやれなくて何が先輩だよ。ダサすぎるだろ。

力になってやれない歯痒さに苛立っていると、不意に俺のスマホが鳴った。ポケットから取り出して電話に出る。

「もしもし。あ、どうも……え、本当ですか⁉　はい、はい……ありがとうございます！　今から行きます！」

俺は通話を切り、樹里に親指をグッと立ててみせた。

「樹里！　ゆるわんこ、見つかったってよ！」

「えっ⁉　どこでっすか⁉」

「レストラン。落とし物としては届いていなかったけど、俺たちが使った席の下にあったのを店員が見つけてくれたってさ」

――もしかしたら、後でゆるわんこが見つかるかもしれない。

そう思った俺は、店員に電話番号を書いた紙を渡して、見つかったら連絡してくれるように頼んだのだ。念のためにお願いしておいて正解だった。

「よかったな……樹里？　大丈夫か？」

樹里はうつむいてぷるぷると震えている。

な、なんだ？　まさか安心した直後に大泣きするパターンじゃないだろうな？

身構えていると、樹里は勢いよく顔を上げた。

「せんぱぁい……啓太せんぱぁぁぁぁい！」

「どわっ！　だっ、抱きつくな、アホ！」

「だって！　めっちゃ嬉しいんすもん！」

樹里は幸せそうな顔でそう言った。頬はまだ涙で濡れていて、外灯が樹里の表情をキラキラと輝かせている。

さっきまで泣いていたくせに、もう笑っている。忙しいヤツめ。

でも……樹里のその表情が見たかったんだ。ゆるわんこが見つかって、本当によかった。

「樹里。おっぱい当たってるんだけど」

「んなっ⁉　啓太せんぱい、スケベっす！」

樹里は慌てて俺から離れた。

その反応が面白くて笑うと、樹里もまたつられて笑う。

「なはは っ。啓太せんぱい。ウチのために、いろいろとありがとうございましたっす」

「どういたしまして。ちょっとは見直したか？」

「……ちょっとどころじゃないっすよ。好感度MAXっす」

「はいはい。これからはもっと先輩を敬えよ？」

「えっと……先輩としてって意味じゃないんすけどね。啓太せんぱい、本当に鈍感なんすから」

樹里はつまらなそうに足をパタパタと上下に動かしながら、半眼で俺を睨んだ。

なんだろう。めちゃくちゃ責められている気がするんだが。

「何が鈍感なの？」

「教えてあげないっすよー」

樹里は勢いよく立ち上がった。

「啓太せんぱい。レストラン行きましょうっす」

「待てよ、気になるだろ！　さっきの会話で俺のどこが鈍感なんだ！」

「しーらない」

「言え！　言わないと、くすぐり地獄の刑に処す！」

「きゃあーっ！　啓太おじさんに襲われちゃうっすー！」

樹里はベンチから立ち上がり、俺から逃げるように走り出した。楽しそうなその笑顔は星の輝きを消し飛ばすほど明るくてまぶしい。

俺も立ち上がり、樹里を追いかけた。

「止まって、樹里！　おじさん歩き疲れたから、もう走れないって！」

「いやっす！　止まったら絶対くすぐってくるっすもん！」

「ちっ、バレたか！」

「へへーん！　啓太せんぱいの考えていることくらいお見通しっすよ！」

俺と樹里は公園を出て、飽きるまで走った。

樹里とふざけながら夜を駆ける時間は、すごく心地よかった。

◆

俺たちは無事にゆるわんこを受け取り、再び公園のベンチに戻ってきた。

相変わらず夜の公園は誰もいない。とても静かだ。外灯と月明かりが優しく降り注ぐベンチは、俺たち二人だけの空間だった。

「なははー。『ケイタ』、ごめんねっす。もう離さないっすからねー？」

樹里は大事そうにゆるわんこをぎゅっと抱きしめた。

「ねぇ。ぬいぐるみに俺の名前つけるのやめてくんない？」

「いいじゃないっすかー。ね？　ケイタも名付けてもらえて嬉しいっすよね？」

そう言って、樹里はゆるわんこの頭を揉みくちゃにした。俺が愛でられているような感じがして、なんだか恥ずかしい。

「啓太せんぱい。今日は本当にお世話になりましたっす」

「後輩の面倒を見るのも先輩の役目だ。気にするなって」

「後輩……そうっすよね。ウチは啓太せんぱいの『後輩』っすもんね……」

樹里は夜空を見上げた。その横顔に先ほどまでの元気はない。

「あーあ。魔法が解けちゃったっすねぇ」

「急になんだよ。シンデレラの話か？」

「なははっ。そうかもしれないっす。もう『一日彼女』の魔法は解けちゃったから、王子様の隣には、もう……」

樹里はふっと表情を柔らかくして俺を見た。

「啓太せんぱい。ウチ、いつかの『胸の痛み』の答えがわかりましたっす」

頬を赤らめる樹里に、俺は何も言えなかった。

「ウチ、啓太せんぱいのことが好きっす。先輩としてじゃない。異性としてっす」

静寂に包まれた公園で、その言葉はハッキリと聞こえた。

怖いくらい心臓が跳ね、頭の中が真っ白になる。

「そ、そうか……ありがとう」

「えー。それだけっすか？　なんか悲しいっす」

樹里はおどけたように「なははっ」と笑った。

「いや、わかってるっすよ。啓太せんぱいは、雪菜せんぱいが好きなんすよね？」

冬の寒さのせいなのか。

それとも、核心を突く言葉のせいなのか。

わからないけれど、体が震える。

「……うん。その、ごめん」

「謝らないでくださいっす。恋愛は自由じゃないっすか」

「そうじゃなくて……今日、散々先輩ヅラしておいて、こういうときになんて言っていいかわからなくて……」

「あー。それは最初から期待してないっす。啓太せんぱい、ダメ男なんで」

「他に言い方あると思うよ⁉」

酷い言い草だった。でも、事実だから反論できないのが悲しい。

「なははっ。そうそう。そんな感じで、テンション高めでお願いします。湿っぽいの、苦手なので」

樹里は話を続けた。

妙な違和感を覚える。

こんなにも大人びた樹里を見るのはいつ以来だろう。

俺はこの歪な樹里をよく知っている。

「啓太せんぱい。ウチ、本当はもうあきらめているっす。だって、啓太せんぱいと雪菜せんぱいは両想いじゃないっすか。だから、ウチが入る隙なんてないっすもん」

どうしてこんなに聞き分けがいいのか。

なんで俺にワガママを言ってくれないのか。

まるで今の樹里は、クラスメイトと足並みをそろえているときの『空気の読める樹里』みたいだった。

「二人の邪魔はしちゃいけない……そう思ったんすけど、どうしても気持ちだけは伝えたくて。クリスマスは雪菜せんぱいに譲って、今日デートして告白しようと思ったっす」

樹里は笑っているのに全然楽しそうじゃなかった。

俺にはわかる。雪菜先輩が壁越(かべご)しでしか気持ちを伝えられないのと同じだ。

弱っちい俺たちは心と口が繋(つな)がっていない。本音が口から飛び出してしまわないように、心にそっと鍵(かぎ)をかけている。相手に本音を伝えたら、今の関係性が壊(こわ)れてしまうかもしれない……そんな不安に怯(おび)えているからだ。

でも、樹里は俺たちと違う。

気持ちを伝えるのが怖くても、ちゃんと『好き』って言えたから。

わかっているさ。「本当はもうあきらめている」なんて、俺を困らせないための建前だってことくらい。

それでも、一番大事な『好き』って気持ちだけは伝えてくれた。やっぱり樹里はすごいヤツだ。

「一日だけ。本当に、一日だけでよかったんすよ。こうやって恋人(こいびと)気分を味わって、気持ちを伝えることができて。いやぁ、今日は本当にいい日でした！」

樹里は勢いよく立ち上がった。

もうシンデレラの魔法が解ける時間なのだと悟(さと)る。

「それじゃあ、今日はこれで！　啓太せんぱい！　雪菜せんぱいとお幸せにっす！」

樹里が駆けだそうとしたとき、俺は彼女の細い腕を掴んで引き留めた。

「……なははっ。啓太せんぱい。離してくださいっす」

「嫌だ。まだ話は終わってない」

樹里がこちらを向いた。赤い唇を噛んで、涙を流している。

「あーあ……泣いているの、バレちゃったじゃ……ないっすかぁ……っ！」

涙が樹里の白い頬を滑り落ちた。地面にぽたぽたとシミができていく。

「樹里の気持ちはわかった。その気持ちに、俺もできるだけ誠実でいたいんだ。自分だけ想いを伝えて去られると困るよ」

「……なははっ。やっぱり、ちょっとズルかったっすかね？」

樹里は目元をごしごしと袖で拭った。

「で？　啓太せんぱいはウチに何が言いたいんすか？」

「その……すごく嬉しかった。樹里の好きって気持ちが伝わってきたから。でも、ごめん。付き合うことはできないよ。俺、やっぱり雪菜先輩が好きだから」

「なはは。大丈夫、わかってるっすから」

「……俺、勇気を出して雪菜先輩に告白しようと思う」

「えっ？」

「樹里に背中を押されたよ。一番大事な『好きって気持ち』だけは伝えないといけないよね。こんなこと言うのは卑怯かもしれないけど……ありがとう、樹里」

俺は正直に今の気持ちを伝えた。

フッた相手にこんなことを言ったら追い打ちになるだろうか。

でも、樹里の告白を受け止めることもせず、今までどおり、雪菜先輩と壁越しだけの恋人気分でいるのは違う気がしたんだ。

だから、ここで約束したかった。

俺も樹里みたいに気持ちを伝えるよって。

……樹里、怒っているだろうな。『そんなの勝手にしろ！　惚気てんじゃねぇ！』って思われても仕方ない。

しかし、俺の予想は外れた。

樹里は怒るどころか、瞬きをして驚いている。

「啓太せんぱい……今、雪菜せんぱいに告白するって言ったんすか？」

「うん。あの、樹里にこんなこと言うのは最低だって自覚はあるけど――」

「……っすか」

「えっ？　今なんて？」

「せんぱいたち、付き合ってなかったんすかぁぁぁぁぁぁ!?」

樹里の驚愕の声が公園に響き渡る。

えっ……まさか樹里のヤツ、俺と雪菜先輩が付き合っていると思っていたのか？

じゃあ、クリスマスを雪菜先輩に譲ったのも、彼女とのデートを邪魔しないようにという俺への配慮!?

「ウチ、てっきり付き合っているものだとばかり……なんで付き合ってないんすか！」

「だ、だって、告白するの勇気いるし……」

「何もじもじしてるんすか、キモいんすよ！　つか、好きって言うだけじゃないっすか！

あほなんすか!?」

「ばっか、お前！　それが難しいんだっつーの！」

「いやマジであほっす！　ウチ、今まで啓太せんぱいに散々あほと言われてきたっすけど、もう二度と言われたくないっす！　このヘタレ野郎！　もじもじ青春おじさん！」

「そこまで言う!?」

告白する勇気が出ない高校生、世の中にいっぱいいると思うんだけど。

「あーでもよかった！　じゃあ、二人は付き合ってないんすね？」

「な、なんだよ。人の不幸がそんなに嬉しいかよ」

「嬉しいっすよ……だって、まだあきらめなくていいんすから」

「……えっ？」

ちょっと待て。

今、あきらめなくていいって言ったか？

「あのさ、樹里。俺、さっき断ったと思うんだけど……」

「ウチが身を引くのは彼女がいると思っていたからっす。でも、彼女いないんすよね？

じゃあ、ウチにもワンチャンありますよね？」

「いや、そうはならなくない？」

「啓太せんぱい！　早くフラれてくださいっす！」

「お前それ言っちゃダメなヤツだよ⁉」

それこそ心にしまっておくべき本音だと思う。

「ウチ、二人の恋が成就しないように祈っておくっすね。安心してくださいっす。もしフラれたら、ウチが啓太せんぱいの彼女になってあげるっすから」

「そんな優しさいらんわ！」

「なはは……今は無理でも、絶対に振り向かせてみせるっす」

そう言って、樹里は顔を近づけてきた。

俺と樹里の距離がゼロになる。唇と唇が優しく触れ合った。あまりにも柔らかくて、頭の中がとろけそうになる。

樹里はゆっくりと俺から離れた。唇が唾液で濡れている。照れくさそうな樹里の顔におもわず見惚れてしまう。

樹里とキスをした。

ようやく事態を飲み込めた俺はパニックになる。

「樹里、お前……！」

「啓太せんぱいの未来の彼女になる予定なんで、今のキスは前借りっす。なはは、ドキドキしたっすか？」

樹里は恥ずかしそうに笑った。彼女の頬は林檎のように赤く染まっている。

「こっ、この続きがしたかったら、望むところっすよ！」

樹里はそう言い残して走って逃げた。

星空の下、小さくなる樹里の背中を眺めながら、俺はその場に立ち尽くす。

胸が熱くて痛かった。

十二月の夜風が吹き抜けても、火照った体の熱は冷めてくれない。生々しく残る唇の感触が俺の呼吸を乱し、心臓を暴れさせる。どくん、と胸を突き上げる鼓動が耳元より近い頭の奥で響いている。荒々しく吐き出される白い息が夜気に溶けて消えていく。

こんなはずじゃなかった。

樹里の笑顔が見たかっただけで、好かれようと思ってぬいぐるみを捜したわけじゃない。今までだってそうだ。俺は明るくて元気な樹里でいてほしいから、手助けしただけなのに。

宣戦布告されたうえに、唇を奪われるなんて思わなかったんだ。

雪菜先輩に申し訳なくて、胸がキリキリと締めつけられる。

俺は……どんな顔をして雪菜先輩と会えばいいのだろうか。

「……啓太、くん？」

俺の名前を呼ぶ声が背後から聞こえた。

振り返ると、そこには私服姿の雪菜先輩が立っている。以前言っていたバイトの帰りなのか、上はパーカー、下はデニムにスニーカーという動きやすいシンプルな服装だった。

濡れたまつ毛。震える唇。まるでこの世の終わりを見ているかのような表情。

雪菜先輩の顔を見て悟った。

全部、見られていたのだと。

「雪菜先輩！　今のは――」

「樹里ちゃんと……キス、していたわよね？」

雪菜先輩の声はいつもより柔らかい。

俺はこの声をよく知っている。

壁越しに聞く、本音の声だ。

「そう……あなたたち、仲いいものね」

「違うんです！　今のは不意打ちだったというか……俺たちは付き合っているわけじゃないんです」

「……本当に？」

「はい。それだけは誓って言えます」

「でも、啓太くんは樹里ちゃんとデートして、いいムードになったのでしょう？　そうでなければ、樹里ちゃんだってキスしようと思わないわ」

「そ、それは……」

「……教えて」

「えっ？」

「今日、あなたたちがどういう時間を過ごしてキスにいたったのか。嘘じゃないなら、私に説明して！　啓太くんのこと、信じさせて！」

雪菜先輩は俺に泣きそうな顔を近づけた。

い人になっている。

もう壁なんていらなかった。あまのじゃくな彼女は、面と向かって本音を伝えられる強
じゃあ、俺はどうだ？

いつまでこの大切な気持ちを先延ばしにするつもりなんだ？

今まで気づかなかった。

アパートの壁に頼っているのは、俺のほうだったんだ。

このままじゃダメだ。俺のほうから本音を伝えなきゃ。

「わかりました。俺たちはまず駅前に集合して——」

俺は雪菜先輩に今日一日の出来事をすべて説明した。

話し終えると、雪菜先輩は静かに口を開いた。

「……話は終わりかしら？」

「はい。悪いのはすべて俺です」

「では聞くけど、啓太くんは自分のどこが悪いと思っているの？」

問い詰めるような口調に息を飲む。

俺が悪かったのは、樹里とキスをしてしまったこと。

そう思っていたけど……違うのか？

何も言えないでいると、雪菜先輩は左右に首を振った。

「……私、やっぱり信じられない」

「そう、ですよね……あんなところ見られたら、俺と樹里が付き合っているって思いますよね」

「違うわ。そうじゃない。啓太くんの説明は信じる。あなたが嘘を言っているかどうかなんて、すぐわかるもの」

――ずっと、一番近くであなたを見てきたんだもの。

雪菜先輩は涙をこらえ、震える声でそう言った。

「それじゃあ、何を信じていないんですか？」

尋ねると、雪菜先輩はぽつりと一言。

「優しさよ」

「……優しさ？」

「啓太くんの優しさは、私の思う優しさじゃないわ」

雪菜先輩が何を言っているのか俺にはわからない。

でも、怒っている理由はなんとなくわかる。

俺が悪いのは、間違った優しさで雪菜先輩や樹里に接しているから……たぶん、そういうことだと思う。

ただ、どう間違っているのかが理解できない。

雪菜先輩は泣きながら笑った。

「啓太くん……私、あなたのことが好き」

冷たい風が窮屈そうに俺と雪菜先輩の間を吹き抜ける。

好き。それは待ち望んでいた言葉。本当は俺から伝えたかった気持ち。壁越しではなく、今、こうしてお互いの気持ちを確認することができたのだ。

そのはずなのに、全然嬉しくない。大好きな人を泣かせてしまって、喜べるはずがないだろう。

俺はどうすればいい？

いつもみたいに、目の前で涙を流す雪菜先輩を救う方法が見つからない。

「白状する。私、啓太くんのことが大好き。いつもあなたのことばかり考えているの。部屋にいるときも、学校にいるときも……こうして外にお出かけしているときも」

どうして今日の雪菜先輩はこんなにも素直で、痛いくらい本気なのか。

知るのが怖くて、俺は沈黙した。

「私、照れ隠しであまのじゃくな態度を取っちゃうけど……全部、大好きの裏返しよ？

頭の中、啓太くんのことでいっぱいなの」

雪菜先輩は「でも、あなたは違うのね」と言った。すでに笑みは消え、今すぐにでも嗚咽を漏らしそうな顔をしている。

「今、啓太くんに告白の返事をされても信じられないわ」

「雪菜先輩……」

「だって、そうじゃない……！」

雪菜先輩の目から涙があふれた。

「啓太くんの周りには可愛い子ばかり集まって、あなたはみんなに優しくして……そんなんだから、みんなあなたのことが好きになるのよ……啓太くんの馬鹿！　もっと私だけを見てよ！　私のことを好きでいてくれるのなら、こんなに不安にさせないでよ！」

雪菜先輩の言葉にはっとする。

そうか……俺の優しさって、みんなを平等に扱っているだけなんだ。

雪菜先輩に限らず、俺は誰にでも優しく接している。誰一人として特別扱いしない。仲間がピンチのときには手を差し伸べるし、犠牲になったっていいと思っている。仲間の笑顔が見られるなら、ワガママだって聞いてしまう。俺はそういう性格だ。

だから、誰一人として拒めない。

今日のデートだってそうだ。俺には心に決めた人がいるのに、何故デートした？　罰ゲームとはいえ、どうして手を繋いだ？　樹里が『樹里ちゃん』のまま帰ろうとしたとき、なんで引き留めた？

すべての積み重ねが、今の結果だ。

一見すると美徳にも見える俺の平等な優しさは、本当に好きな人には届かない。そういう蜃気楼みたいなものだったんだ。

「もう主人と下僕の関係も終わりにしましょう……っ！」

雪菜先輩は泣きながらそう言った。

「どうして……そんな悲しいこと言うんですか？」

「あなたの優しさが怖いからよ。もう顔も見たくない」

好きだからわかってしまう。

今のセリフだけは本音じゃない。あまのじゃくな雪菜先輩の言葉だ。

「啓太くん。私の前から消えて」

嘘だ。そんなこと、これっぽっちも思ってないくせに。

俺の優しさがあなたを傷つけたことは理解した。好きな人をみんなと同じように扱って不安にさせたことも納得した。

だけど、心に壁を作るのは違うじゃないか。

俺が反論できる立場じゃないのはわかっている。

それでも、このまま何も言わずに引き下がることなんてできない。

「雪菜先輩……俺の話は聞いてくれないんですか？」

「あなたに貸す耳はないわ」

「ずるいよ……どうして急に毒舌で誤魔化すんですか？　さっきまで本音で語ってくれたのに……！」

「私が啓太くんに心を開く必要がある？」

あるよ。

好きって言ってくれただろ。

あなたはまだ俺の気持ちを聞いてないじゃないか。

「もう啓太くんの部屋にも行かないから。それじゃあ」

雪菜先輩が俺に背を向けようとする。

「逃げるなよ、あまのじゃく！」

俺は雪菜先輩の手を掴んでこちらを向かせた。

涙を我慢する雪菜先輩の顔を見て、頭の中がぐちゃぐちゃになる。

「好き勝手言うなよ……俺の言い分は何も聞かないくせに！　あなたは昔からそうだ！　ワガママなうえに素直じゃなくて！　振り回されるこっちの身にもなれよ！」

違う。そんなことが言いたいんじゃない。

ワガママなところも。素直になれない、いじらしいところも。振り回される毎日も。全部、大好きなんだ。

本当はもう、あなたがいない生活なんて考えられない。

「自分の気持ちをいつも隠して！　それなのに『不安にさせないで』なんて無理だろ！　もっと素直になってよ！　少しは歩み寄ってよ！　自分の言葉で教えてよ！」

どうしてなんだ。

言うべきではない言葉があふれて止まらない。

「雪菜先輩の下僕なんてこりごりだよ！　こっちからやめてやる！　俺の前から雪菜先輩がいなくなってせいせいするよ！」

言ってから自分を殴りたくなった。

本音を伝えられないのは、自分も同じじゃないか。

「……えぐっ、ひっく」

雪菜先輩は顔をくしゃくしゃにして、子どもみたいに泣いた。

「だってぇ……しょうがないじゃん……啓太くんの前だと……私、素直になれないんだもん……！」

雪菜先輩は振り返り、走り出した。

「あっ……雪菜先輩！」

慌てて伸ばした手は雪菜先輩を捉えることなく空を切る。そのまま足がもつれて豪快に転んでしまった。

痛みをこらえて立ち上がる。雪菜先輩の姿はもうどこにもなかった。

誰もいない公園で俺は泣いた。

「雪菜先輩……ごめん、なさい……！」

どれだけ好きな人を傷つければ済むのだろう。

俺たちにもう壁なんて必要ない。少し遠回りすることもあるけど、本音に気づき合える仲になったと自負していた。

でも、本音っていいものばかりじゃない。悩みや不安、怒り……ネガティブなのもひっくるめて本音だ。ときにそれは人を傷つけ、本音とは裏返しの感情も引き寄せる。

俺は今日、本当の意味で初めて雪菜先輩と本音で殴り合ったのかもしれない。

だけど。

その代償は、あまりにも大きかった。

◆

家に帰った俺はシャワーを浴びてベッドに腰かけた。

目を閉じれば、雪菜先輩の泣き顔が浮かんでくる。

俺は……どうしてあんなことを言ってしまったのだろう。

「あんなにカッとなることなんて普段ないのに……」

俺の意見を聞かず、一方的に責められたことに腹が立った？

たぶん、そうじゃない。

雪菜先輩の言っていることが正しくて、真実を認めるのが怖くなったんだ。

他の女の子と同じように雪菜先輩と接していれば、俺の本当の気持ちなんてわからなくなる。雪菜先輩の言い分は当たり前のことだった。

つまり、俺の軽薄な優しさが彼女を傷つけた。

それなのに、俺は逆ギレしてしまった……雪菜先輩があまのじゃくなことは、俺が誰よりも理解しているはずなのに。

あふれ出る感情が頭の中をぐるぐる回る。思考が上手く整理できない。

こういうとき、俺はいつもどうしていたっけ。

……そうだ。理性を保つために、心の中でいつも叫んでいた。

ちょうど、こんなふうに。

俺はベッドをおもいっきり殴った。

「……ちょっと叫んでもいいかな?」

田中啓太とかいう男かっこ悪すぎだろぉぉぉぉ!

何が雪菜先輩ひとすじだよ! 何が雪菜先輩の下僕だよ! 樹里とイチャイチャしやがって! お前はみんなに優しくしているだけかもしれないけど、それが雪菜先輩をモヤモヤさせてるって気づけ、馬鹿! 他の子にキスされるとか、どんだけ好感度上げてんだ! ギャルゲーの主人公か、爆発しろ!

お前みたいな変態ドM野郎が、ハーレムありのトゥルールート入ろうとしてんじゃねぇ! 豚は豚らしく、主人に一途でいろよ! 好きな人を特別扱いできない豚はただの豚! そんなの常識だわ、この足フェチ野郎が!

本当に好きなら、その子のことで頭いっぱいになれよ! 不安になんてさせるな! ちゃんと気持ちを伝えてやれよ、臆病者!

好きって気持ち、全然届いてないんだよ！
よく聞け、弱虫！
お前がやることは！
雪菜先輩を安心させて、好きって気持ちを伝えること……それだけだろぉぉぉぉ！
……などと言うと、壁越しに伝わってしまうのでやめた。
この気持ちだけは、面と向かって伝えないといけないと思うから。
「……よし、決めた！」
明日、雪菜先輩に謝ろう。
そして告白する。
あまのじゃくな態度で返されても、絶対に安心させてあげるんだ。
「俺の本音、届けなきゃ」
自分自身に誓い、俺は部屋の電気を消した。

第三章 ― 俺たちのラブコメは甘すぎる ―

DOKUZETSU SHOJO HA AMANOJAKU

【難攻不落のあまのじゃく】


夜が明け、勝負の日の朝が来た。

今日の目標は雪菜先輩に謝罪し、好きって気持ちを伝えること。雪菜先輩の不安を解消させるにはこれしかない。

支度を終えた俺は部屋を出た。

アパートの廊下に立ち、スマホで時間を確認する。時刻は午前七時二十分。登校するにはまだ少し早い時間だ。

俺は朝のうちに雪菜先輩に謝ろうと思う。こういうのは時間が経てば経つほど謝りにくくなるからだ。

日付が変わり、雪菜先輩も少しは冷静になったはず。話くらいは聞いてくれるだろう。

仲直りできたら、夜に会う約束をしよう。できれば二人きりになれるところ……俺の部屋が一番いい。

　そこで告白する。絶対に好きって言うんだ。

「……ちょっと緊張してきたな」

　ドキドキしていると、雪菜先輩が部屋から出てきた。

「雪菜先輩」

　声をかけると、雪菜先輩と目が合う。

「昨日は本当にごめんなさい。俺、自分の悪いところに気づいたんです。俺はみんなに平等に優しくて、雪菜先輩のことを……あ、ちょっと！」

　雪菜先輩は俺をスルーして廊下を歩いて行ってしまった。

　俺に気づいていないわけがない。無視しているんだ。昨日のこと、相当怒っているんだな……。

　でも、ここであきらめるわけにはいかない。

「待ってよ、雪菜先輩！」

　俺は走って回り込み、雪菜先輩の進路をふさぐように立った。

「俺、雪菜先輩に謝りたいんです」

　再び言葉を投げるも返事はなかった。

それでも愚直に届けるしかない。

「雪菜先輩が怒っていた理由、やっとわかったんです。俺は――」

「邪魔よ」

雪菜先輩は俺の横を通り過ぎようとする。

俺は慌てて雪菜先輩の肩を掴んだ。

「待って！　少しでいいから話を――うわっ！」

目にも留まらぬ早技だった。

雪菜先輩に制服を引っ張られた次の瞬間、踵をキレイに払われた。気づけば俺はその場に倒されていた。

たしかこの技は小内刈り。柔道の基本的な技の一つだ。

「び、びっくりしたぁ……あっ、雪菜先輩！」

雪菜先輩は俺を無視して、コツコツと革靴を鳴らして去っていった。

普段の照れ隠しの柔道技とは違い、体に痛みはない。雪菜先輩が手加減してくれたのだ。

「……手強いな」

まさか無視されるとは思わなかった。

でも、俺は信じている。本当は雪菜先輩も俺と仲直りしたいはずだ。少し拒否されたくらいで落ち込んでいられない。

「よし！　学校に先回りするか！」

雪菜先輩を待ち伏せして、今度こそ謝るんだ。

俺は雪菜先輩に会わないように一本道をずらし、走って学校に向かった。

◆

雪菜先輩に会うためには、どこで待ち伏せすればいいのか。

……校門が一番妥当な気がする。

しかし、我が校には正門以外に東側にも校門がある。普段、雪菜先輩は正門を利用するが、俺と会うのを避けるために東門から登校してくるかもしれない。なので、校門で待ち伏せする案は却下だ。

どちらの門から登校しても確実に会える場所といえば、三年生の下駄箱しかない。

というわけで、俺は雪菜先輩のクラスの下駄箱前にやってきた。

登校して来た三年生は俺のことを「誰こいつ？」みたいな顔で見てきた。まるで不審者扱いだが、二年生が三年生の下駄箱の前にいたら当然の反応である。

正直、かなり気まずい。お願いだよ、雪菜先輩。早く登校してきてよ。

先輩たちの視線に耐えながら待つこと五分。雪菜先輩はやってきた。

「……啓太くん。何をしているの？」

「朝の話の続きです」

「朝の話？　私の上履きの匂いを嗅ぐという話でもしていたかしら？」

「そんなことしないよ⁉」

「そう。革靴のほうなの」

「嗅がないって言ってるでしょ！」

「邪魔よ。どきなさい」

「いいえ、絶対にどきません！　俺の気持ちを聞いてくれるまで、ずっと雪菜先輩の隣にいます！　俺、雪菜先輩に伝えたいことがあるんです！」

「ちょ、こんなところで何を言っているのよ……！」

雪菜先輩の顔が真っ赤になる。

登校して来た三年生たちは「おっ。朝から告白か？」「くすくす。二年生かな？　可愛いね」「がんばれー、後輩きゅん」と、俺をからかってきた。

しまった……なんか『今から告白します！』みたいな雰囲気を作ってしまった……！

今後の流れなら経験則でわかる。雪菜先輩は照れ隠しに俺を投げ飛ばし、この場を立ち去るんだ。

……などと考えている間に、今朝と同じ技で投げられた。

「もう私に付きまとわないで」

雪菜先輩は上履きに履き替えて走り去った。

いてて。今のは俺が悪かったな……いや待てよ？

「雪菜先輩と自然に会話できてたじゃん……！」

いつものように毒舌を浴びせられる中、雪菜先輩をデレさせて、照れ隠しに投げられる

……うん。普段と変わらないやり取りだ。

今朝よりかは一歩前進した気がする。

このままグイグイいこう。雪菜先輩に許してもらえるまで、気持ちを伝え続けるんだ。

しかし、俺の希望はすぐに打ち砕かれた。

一限前。三年生の教室にて。

「雪菜先輩！　今朝の話の続きなんですけど――うぎゃっ！」

啓太選手、小外刈りで一本を取られる。

二限前。三年生の廊下にて。

「雪菜先輩！　俺、一晩ずっと反省して――いでぇぇぇ！」

啓太選手、タイキックでおしりが割れる。

三限前。花壇のベンチにて。

「雪菜せんぱ……ちょ、まだ何も言ってない！　目が合っただけでプロレス技をかけるのやめ――ぎゃあああ！　ギブギブ！　レフェリーいたら止めてぇぇ！」

啓太選手、吊り天井固めで瞬殺。

雪菜先輩は鬱陶しくなってきたのか、俺が視界に入るだけで技をかけてくるようになった。もはやターミネーターである。

これでは謝罪どころか会話すらまともにできない。

普段の照れ隠しではないことは明白だった。

かつて雪菜先輩がここまで俺に心を閉ざしたことがあっただろうか。

……もしかしたら、本当に嫌われたのかもしれない。

そう思ったら、声をかけるのが途端に怖くなってきた。

昼休みは雪菜先輩と話し合う絶好のチャンスだったが、俺は教室で過ごした。理由は単純。拒絶されるのが怖いからだ。

言葉を伝えたら届くと思っていた。反省の意志。好きって気持ち。それらを言葉に乗せてぶつければ、雪菜先輩と仲直りできると信じていた。

でも、そうじゃなかったんだ。

アパートの壁と似ている。きっと一方通行の言葉では不十分で何も進展しない。俺たちは互いの心を持ち寄る必要がある。

だけど……相手に拒絶されたら、それも叶(かな)わぬ夢。

どうすれば雪菜先輩は俺に心を開いてくれるだろうか。

わからないまま、時間だけが過ぎていく。

午後の授業は雪菜先輩のことで頭がいっぱいだった。

◆

「……啓太せんぱい？」

自席でぼーっとしていると、樹里(じゅり)が心配そうに俺の顔を覗(のぞ)き込んだ。彼女(かのじょ)の隣には飛鳥(あすか)もいる。

……あれ？

どうして一年生の樹里が俺の教室にいるんだ？

「けーた。もう放課後だよ？　いつまでそうしているのさ」

俺の疑問に答えるように飛鳥は言った。

ああ、そうか。樹里がいるのは放課後になったからか。でも、いつ授業が終わったんだっけ……？

「飛鳥せんぱい。啓太せんぱい、魂抜けてないっすか？」

「そうなの。朝は元気だったんだけどね。お昼前くらいから死んでいるんだ」

「そうっすか……惜しい人を失ったっす」

「「合掌」」

二人は同時にそう言って、俺に向かって手を合わせた。おい待て。勝手に殺すな。

ツッコミを入れる前に、飛鳥が不思議そうに首を傾げた。

「けーたがこんなに元気がないってことは……さては雪菜さんとケンカした？」

飛鳥の鋭い質問に全身が硬直する。

「けーた。もしかして、図星？」

「な、なんのことかなー？　俺と雪菜先輩がケンカするわけないじゃんか。俺たち仲良しだぜ？　あははは……ははっ……」

「あー……これやっちゃってるね。どうせ『啓太くん、もっと私だけを見て！』『雪菜先

輩のワガママに振り回される俺の身にもなってよ！』とか、そんな感じで言い合ったんでしょ？」

飛鳥はため息まじりにそう言った。まるで昨日の出来事を見ていたかのような発言である。

「どうして飛鳥にケンカの内容がわかるんだよ」

「わかりやすいんだもん、二人とも。ボクの推理、合ってるでしょ？」

「それは……合ってるけど」

「やっぱりね。雪菜さんとの仲、深刻な感じ？」

「うん。まともに話すこともできなくて……」

「そっか……よかったら相談に乗るよ？」

「え？　あ、いや……大丈夫だよ」

危うく「いいの？」と言いそうになったが、慌てて口を閉ざした。

飛鳥も樹里も俺に好意を寄せてくれている。そんな二人に恋の相談をするなんて、空気が読めないにもほどがある。

「けーた。もしかして、ボクたちに気をつかっているの？」

「だって……二人に恋の相談なんてできないよ。友達を傷つけるようなことはしたくない」

「はぁ……そういうところじゃないの？」

「何が？」

「雪菜先輩がけーたに苛立っているところ」

「あっ……」

　飛鳥の言うとおりだ。俺はまたみんなを平等に扱おうとしている。

　みんなに優しいことは悪じゃない。

　でも好きって気持ちは特別で、仲間に抱く感情とは違う。一番大事にしないといけない人は雪菜先輩だ。そこを間違えてはいけない。

「飛鳥……本当に相談に乗ってもらってもいいの？」

「もちろんだよ」

　飛鳥は胸を張って言った。

「ボクはけーたが好き。でも、けーたの幸せを奪ってまで自分の『好き』を押し通すつもりはないよ。だから、遠慮なく相談して？」

「俺と雪菜先輩が結ばれたら嫌じゃないの？」

「嫌だけど、そこは大丈夫。恋が実らないように祈ってるから」

「唐突に裏切られた!?」

なんでだよ。相談に乗ってくれるって今言ったじゃん。

疑心暗鬼になっていると、樹里が俺の肩をぽんと叩いた。

「啓太せんぱい！　ウチも相談に乗るっす！」

「樹里……？」

「ウチ、宣戦布告したじゃないっすか。啓太せんぱいが告白しないと、ウチは恋を続けることもあきらめることもできないっすよ……だから、ちゃんと自分の恋に決着をつけてほしいっす」

「樹里、お前……」

「そしてフラれてほしいっす！　啓太せんぱいの恋、早く散れっす！」

「君も本音は隠そうね⁉」

樹里まで俺の失恋を願っているのかよ。この二人、敵か味方か不明なんですけど。

さては二人とも、俺をからかっているだけでは？

俺の疑問を吹き飛ばすように二人は笑った。

「なははー。ツッコミのキレが戻ってきたっす。やっと調子出てきたっすね、啓太せんぱい」

「だね。ボク、すごく心配したんだから」

樹里と飛鳥は「よかった、よかった」と、ほっとした様子でうなずき合った。

まさか……今のおふざけは、落ち込んでいる俺を元気づけるためにわざと？

そんなに心配してくれなくてもいい。普段の二人でいてくれ、頼むから。相談に乗ってくれるだけで十分なのに、どうしてそんなに優しいんだよ。二人ともそんな柄じゃないでしょ。

二人の本音が温かすぎて目頭が熱くなる。

なんなんだよ。

泣いちゃうから、やめろよな……っ！

「あ、けーた泣いてる！」

「う、うっさいわ！　飛鳥のばーか、ばーか！」

「なははっ！　啓太せんぱいの泣き顔ブサイクっす！」

「誰がブサイクだ！　樹里だって昨日は泣いてたくせに！」

なんだよ、もう。お前ら最高かよ。

俺に笑顔をおすそ分けしてくれてありがとう。

二人に教えてもらったよ。

特別な人に優しくするっていうのは、こういうことなんだな。

「飛鳥、樹里。めっちゃダサいことを承知で言う……相談に乗ってほしい。雪菜先輩と仲直りがしたいんだ」

正直に本音を伝えると、不思議と不安が和らいだ。

「おっけー。ボクに任せてよ、けーた」

「なははっ。しょうがないっすねぇ。ヘタレなせんぱいを持つと苦労するっす」

二人は満面の笑みで快諾してくれた。

◆

「——ということがあったんだ」

俺は昨日の出来事を二人に説明した。

なお、さすがに『樹里とキスをしているところを見られた』とは飛鳥の前では言えない。

俺は『樹里と二人きりで楽しそうに遊んでいるところを見られた』と一部ニュアンスを変えて伝えた。

説明の途中で、樹里は「ウチのせいで申し訳ないっす……」と落ち込んでいたが、俺は彼女の言葉を否定した。

悪いのは、誰にでも優しく接し、好きな人を特別扱いできなかった俺だ。樹里が責任を感じる必要はこれっぽっちもない。

「なるほど。かなり大ゲンカしちゃったんだね」

　飛鳥は困ったように笑った。

「うん。でも昨日は俺が悪かったし、どうして悪いのかも理解したよ。だから、今度こそちゃんと謝れると思う」

「そっか。がんばってね……あれ？　その悩み、すでに自己解決してない？　結局けーたは何を相談したかったの？」

「ちょっと問題があって……雪菜先輩が一切口をきいてくれないんだ」

今日、雪菜先輩は直接会ってもまともに話してはくれなかった。ＳＮＳにメッセージを送ってみたが、安定の既読無視。あそこまで露骨に拒絶されると、さすがに俺でも凹む。今回ばかりは仲直りできる自信がない。

「うーん……じゃあ、強硬手段しかないっすね」

今まで黙って話を聞いていた樹里が会話に入ってきた。なんとなく嫌な予感がするのは気のせいだと信じたい。

「また物騒なことを言いだしたな……強硬手段って何？」

「ズバリ！　雪菜せんぱいの部屋に忍び込むんすよ！」

「なんという無茶ブリ」

「部屋の中でばったり会えば、逃げ場はないっすからね。まさに個室トイレで『漆黒のG』と出会ったときの心境っす」

「なんというゴキブリ」

「部屋で二人きりになったら、雪菜せんぱいにこう言いましょう……『君の熱い恋の視線を浴びると身も心も燃えてしまうよ』って！」

「なんという火あぶり」

「啓太せんぱい。人が相談に乗っているのに、韻踏んで遊ぶとはいいご身分っすね」

「俺のせいなの⁉」

丁寧な前フリをしておいてそれはないと思う。

「よく考えろ、樹里。一人暮らしの女性の部屋に忍び込むって発想がダメだろ。犯罪だぞ」

「その顔で今さら何言ってるんすか。初犯じゃないっすよね？」

「前科ないよ！　というか、顔で判断しないでくれる⁉」

まるで俺の顔そのものが住居不法侵入みたいな言い方なんだけど。

「だいたい、雪菜せんぱいも勝手に啓太せんぱいの部屋に上がってるじゃないっすか。非常事態のときくらい、部屋に入っても大丈夫っすよ」

「いやでも女子の部屋だし……そもそも、どうやって中に入ればいいんだ？　俺は雪菜先輩の部屋の合鍵なんて持ってないぞ」

「そこっすよね。うーん……難しいっす」

二人で悩んでいると、飛鳥が「あっ」と声を漏らしてポンと手を打った。

「ねぇ。ベランダから侵入するのはどう？」

「ベランダ……？」

なるほど。それはありかもしれない。

俺と雪菜先輩の部屋は隣同士。うちのベランダを飛び越えて隣のベランダに移動することは難しくない。

「いや待て。やっぱり倫理的にマズい気が……」

「けーた。そんなこと言ってる場合？　このまま雪菜先輩と疎遠になってもいいの？」

飛鳥の言葉がグサリと胸に突き刺さる。

このまま雪菜先輩と会えないなんて嫌だ。

ちゃんと謝りたい。許されるのなら、好きって気持ちを伝えたい。

飛鳥の言うとおりだ。倫理的にどうこう言っている場合じゃない。たとえ雪菜先輩に軽蔑されたとしても、このまま疎遠になるよりマシだ。

俺は勢いよく席を立ち、拳を天井に向けた。

「よっしゃあ！　俺は今日、ベランダから雪菜先輩の部屋に不法侵入する！」

言っていることは最低だった。変態もいいところである。

だけど。

こんな馬鹿野郎の背中を押してくれる人たちもいるんだ。

「けーた……がんばってね！」

「啓太せんぱい。かっこいいところ見せてくださいっす」

二人は笑顔で俺の背中をバシバシ叩いた。

本当は恋敵のために応援なんかしたくないだろうに……本当にいいヤツらだ。彼女たちの優しさに甘えている自分が情けない。

だから、せめて結果を出す。

雪菜先輩に会って、直接気持ちを伝えるんだ。

【雨降ってラブ固まる】


帰宅した俺は制服姿のままベランダに出た。

陽は西に沈み、街は薄暗くなり始めている。吹く風はとても冷たい。顔や手に刺すような痛みを感じる。季節はもうすっかり冬だ。

「さむっ……！」

震えながら隣の部屋のベランダを見る。

思ったとおり、雪菜先輩の部屋のベランダとの距離は近かった。それもそのはず。このアパートの壁は激薄だ。つまり、それだけ隣の部屋同士に余計な空間が存在しないということ。ベランダ同士も近くて当然である。

「これなら難なく移動できそうだな……よいしょっと」

ベランダの柵に足をかけて上り、慎重に身を乗り出す。

雪菜先輩の部屋のベランダに手を伸ばす。手すりに掴まり、そのままぴょんと乗り移った。

無事に着地して、制服についた汚れを手で払う。

ここまでは計画どおり。いよいよ雪菜先輩に会うときが来た。

ここまで来たら悩む必要はない。当たって砕けろ、だ。
ベランダから部屋の窓をそっと覗く。
雪菜先輩は制服姿だった。ベッドに腰かけて文庫本を読んでいる。
ノックをしたら逃げられるかもしれない。
だから――不意打ちで窓から侵入する！
「雪菜先輩！」
俺は勢いよく窓を開け……あれ？
おかしいな。この窓、ビクともしないんですけど。
今度はおもいっきり力を込めてみた。ダメだ、やっぱり開かない。
もしかして……窓の鍵が閉まっている⁉
再び力を込める。しかし、何度やっても窓が開くことはなかった。
しまった。鍵の存在をすっかり忘れていた。作戦会議の段階で気づけよ、俺。
「くっ。作戦失敗か……？」
どうしようか悩んでいると、ふと部屋の中から気配を感じた。
視線を手元から正面に移す。
窓のそばに雪菜先輩が立っていた。

「雪菜先輩！　ここ、開けてください！」

外の声が部屋の中に届いているか怪しい。俺はジェスチャーで鍵を開けるようにお願いしてみた。

俺と目が合った雪菜先輩は、ふっと微笑んだ。

嬉しかった。ジェスチャーが通じたことではなく、俺と目を合わせて笑ってくれたことが、とても。

笑ったってことは、本当は雪菜先輩も仲直りしたかったんでしょ？

もう。雪菜先輩ったら、本当にあまのじゃくなんだから――。

シャーッ！

窓越しに聞こえたのはカーテンが勢いよく閉まる音。俺の視界は一瞬にしてカーテンの色であるピンクに染まった。

「……え？」

ちょっと待ってよ。

仲直りどころか拒絶された……？

「ゆ、雪菜先輩っ！」

窓をノックする。しかし、反応は返ってこない。窓を叩く音が冬の空に吸い込まれていくのみだ。

寒さでかじかむ手の痛みよりも、胸を叩く痛みのほうが辛い。

俺は部屋への侵入をあきらめてその場に座り込んだ。コンクリートの床は馬鹿みたいに冷たくて、途端に惨めな気持ちになる。

……本気で嫌われた。

もう元の関係には戻れないのかな。

せめて謝ってお別れを……ううん、それは嫌だ。謝って仲直りしたい。それ以外の結末なんて望んでない。

「雪菜先輩……このままお別れしたくないですよぉ……！」

膝に顔をうずめて、弱音を吐く。

泣くな。本当に情けないヤツ。樹里たちと約束したじゃないか。雪菜先輩に謝るんだろ、立ち上がれよ。仲間のときは全力で頑張れるのに、自分自身のときはこんなもんかよ。早く立て。早く。

自分を鼓舞しても、何かをする気にはなれなかった。

雪菜先輩に嫌われた。

その事実だけで、心が深く傷ついた。

　せめてその傷がかさぶたになるように、俺は静かに泣いた。

◆

　どれくらいの時間、ベランダでそうしていただろうか。

　涙が枯れた頃、俺は顔を上げた。

　外は夜の景色に変わっていた。住宅街から漏れる光が街中を淡く彩っている。遠くでは明かりの点いたビルが群れをなし、夜空に向かって背比べしている。街の明かりを見ていると、なんだか心の痛みが紛れる気がした。

　制服姿ではさすがに寒かったな。このまま朝を迎えたら凍えてしまいそうだ。

　俺、いつまでここにいるんだろう。

　会えないのに。

　謝ることも、好きって気持ちを伝えることもできないのに。

　朝を迎えれば、雪菜先輩は俺に気づいてくれるだろうか。そんな馬鹿な考えさえ浮かんでくる。

　ゆっくりと立ち上がり、窓を見る。そこには泣き疲れた負け犬の顔が映っていた。その顔が可笑しくて、ほんの少しだけ口元が緩む。

「雪菜先輩。俺、あきらめませんからね――」

シャーッ！

不意にカーテンの開く音がする。

次いで窓が開くと、そこには雪菜先輩がいた。花柄のパジャマの上に分厚いちゃんちゃんこを着ている。頬は上気していた。たぶん、お風呂上がりだろう。

「あっ……雪菜先輩」

「えっ、啓太くん？」

雪菜先輩と目が合う。その目は鋭く、険しい表情をしている。

「あなた……もしかして、ずっとベランダにいたの？」

「はい。雪菜先輩に会いたかったので……」

「……ないの？」

「えっ？」

「ばっかじゃないの⁉」

雪菜先輩の怒声がベランダに響く。

「ゆ、雪菜先輩？　そんなに怒らなくても……」

「怒るわよ！　こんな寒い日にずっとベランダにいるだなんて！　今何時だと思っているの⁉　夜の十時よ、十時！」

「あ、もうそんな時間なんですね」

「何が『もうそんな時間なんですね』よ、このアホ面！　ほんっと信じられない！　風邪でも引いたら大変でしょう⁉」

「雪菜先輩……俺のこと、心配してくれるんですか？」

「そんなの当たり前でしょう！　ほら、早く部屋に上がって！　ああ、もう本当に頭にくるわ！　啓太くんの馬鹿！　野外ドM！　ラジオネーム『寒空放置プレイ大好きっ子』！」

雪菜先輩はものすごい形相で俺を罵倒してきた。桜子とケンカしたときは静かに怒っていたが、今は感情を爆発させるように怒っている。

でも、全然怖くないんだ。

だって、言葉が優しい。

嫌われていたと思っていたけど……俺の早とちりだったのかも。

「雪菜先輩。ありがとうございます」

「話はあと！　早く部屋で温まりなさい！」

「あの、俺は……いでぇ！」

雪菜先輩に蹴られた。やめて。冷え切った体に打撃はよく効くから。

雪菜先輩はむすっとした顔で、ぼそっと一言。

「話は私の部屋で聞いてあげるから……早くしなさい」

「いいんですか？」

「……あなたは私の『下僕』でしょう。『主人』の言うことは聞くものよ」

雪菜先輩は気恥ずかしさを誤魔化すように半眼で俺を睨んだ。

よかった。俺、雪菜先輩のそばにいてもいいんだ。

「ほら。お風呂にでも入るといいわ」

雪菜先輩は俺に手を差し伸べた。

その手を握る。雪菜先輩の手はすごく温かかった。

「……はい！」

俺は雪菜先輩に手を引かれて部屋に入った。

◆

雪菜先輩の部屋の浴室は俺の部屋のとまったく同じだった。同じアパートなのだから当然といえば当然か。

最初は「自分の部屋のお風呂に入るからいい」と断った。女性の部屋のお風呂を借りるのは、なんだかいけない気がしたからだ。

しかし、雪菜先輩は俺の提案を即却下。「お風呂が沸くのを待つ時間がもったいないわよ！　うちのお風呂に入りなさい！」と言い、強引に俺を脱衣所に押し込んだ。

しかも、雪菜先輩は俺の部屋に行き、着替えやタオルを取ってきてくれるという。いつも家事を手伝ってもらっているから、俺の服がどこにしまってあるか知っているのだ。

湯船に肩まで浸かると、冷えた体に心地よい痺れが走った。俺が普段入る風呂よりも少し熱めの湯加減である。

「はぁー……」

安堵のため息が浴室に響く。心が軽くなったからだろうか。雪菜先輩の部屋に入ってからは妙な安心感がある。

……雪菜先輩、優しいよな。俺のために本気で怒ってくれたし、お風呂や着替えの準備もしてくれるんだもん。

「帰ってきたらお風呂の用意がしてあるなんて、なんだか夫婦みたいだ……」

湯船に浸かって幸せを噛みしめていると、脱衣所から雪菜先輩の声がした。

『啓太くん』

「はーい」

『着替えとタオル、ここに置いておくわね』

「ありがとうございます。何から何まで、本当に迷惑かけっぱなしで……」

『気にしないで。迷惑だなんて思ってないから。それに……ベランダにあなたを放置したのは私の責任でもあるわ。これくらいの面倒は見させて？』

「雪菜先輩……」

『よく温まってね。それじゃあ』

そう言い残して、雪菜先輩は去っていった。

『着替えとタオル、ここに置いておくわね』だってさ……もはや奥さんのセリフじゃん。雪菜先輩、きっと奥さんになっても可愛いんだろうなぁ。

……と、さっきから浮かれすぎだぞ、俺。

今日の目的は雪菜先輩に謝ること。はしゃぐのはちゃんと気持ちを伝えてからだ。

「よし……気を引き締めていこう」

俺はお風呂から上がり、タオルで体を拭いた。用意してもらった寝間着を着て、髪を乾かしてから脱衣所を出る。

　部屋に戻ると、雪菜先輩と目が合った。部屋の暖房が効いているからだろうか。雪菜先輩はさっきまで着ていたちゃんちゃんこを脱いでいた。

「あ、啓太くん。ちょうどよかったわ。今ココアを淹れたの。どうぞ召し上がれ」

　テーブルの上にマグカップが二つある。一つは花柄、もう一つは雪だるまが描かれたマグカップだ。

「俺、最近ココアにハマっているんですよ。さすが雪菜先輩。俺のこと、何でもわかっちゃうんですね」

「そっ、そんなじゃないわ。思い上がらないでちょうだい」

　雪菜先輩はぷいっとそっぽを向きつつ、テーブルのそばに腰を下ろした。俺は彼女の対面に座る。

　ココアの甘い香りに誘われて、雪だるまのマグカップを手に取った。一口すすってみる。美味しいだけじゃなくて、なんだかほっとする味だ。

　室内は静寂に包まれているが、不思議と気まずい雰囲気はない。

　お互いに照れ隠しはナシだ。

　昨日の晩からずっと不安だったのに、今はもう本音をぶつけ合うのは怖くない。

「話があるんです」

俺は話を切り出した。

「雪菜先輩。昨日は不安にさせてしまってごめんなさい」

俺は誰にでも優しかった。それ自体は間違いじゃない。

だけど、その『誰にでも』に雪菜先輩を含めてはいけない。

雪菜先輩は俺の特別な人。優しさを超える、愛情で接しないといけないんだ。

「俺が一番大切に思っているのは雪菜先輩です。あなたの笑顔が見たい。俺の隣にいてほしい。もっといろいろな表情を見せてほしい。俺は雪菜先輩に対して、他の子とは違う特別な感情を抱いているんです」

雪菜先輩の赤くなった顔を見つめて、俺は言った。

「これからは雪菜先輩のことを一番大切にすることを誓います。本音も愛情も、全部あなたに捧げます」

素直になれないときは壁に頼ってもいい。あまのじゃくなあなたと、臆病者の俺。壁越しなら素直に好きって言えるときだってあると思う。

だけど、壁を取っ払うことで初めて伝わることがある。

本当に大事な気持ちは、相手とぶつけ合わないと届かない……そんな当たり前のことを雪菜先輩から教わった。

今後も俺たちはケンカしてしまうときがあるだろう。

でも、そのぶん俺たちはちょっぴり成長できると思うんだ。

「雪菜先輩。仲直りしてくれませんか？」

ようやく俺は笑うことができた。

やや間があって、雪菜先輩は首を横に振った。

「啓太くん……違うの。悪いのは私よ。優しいあなたのことを独り占めしようとして……ワガママ言ってごめんなさい」

「いやいや！　雪菜先輩は何一つ悪くないって！　悪いのは俺ですから！」

「いいえ、そんなことないわ。私、いつも啓太くんを困らせるような態度を取ってしまって……私が悪いの。啓太くんの優しさに甘えていたのよ」

「そんなことない！　悪いのは俺ですってば！」

「いいえ、そんなことあるわ！　悪いのは私！」

「俺が悪いの！」

「私よ！」

俺と雪菜先輩は互いに一歩も譲らなかった。

しばらく睨み合い、俺たちは同時に「ぷっ」と噴き出す。

「あははっ。雪菜先輩はやっぱり頑固ですね」

「ふふっ。啓太くんだって……いいわ。今回のことは、お互い悪かったということで仲直りしましょう?」

「雪菜先輩。まだ話は終わっていません」

雪菜先輩は恥ずかしそうに言って「この話はおしまい!」と話題を終えようとする。

仲直りだけじゃダメなんだ。

雪菜先輩は壁に頼らず『好き』と言ってくれた。

俺もその言葉に応えなければならない。

「啓太くん。謝罪はもういいわ。水に流しましょう?」

「いえ。そうではなくて……昨日の告白の返事、まだしてないです」

雪菜先輩は俺の胸の内を察したのか、顔を真っ赤にして視線をそらした。

「な、なんのことかしらね?」

「雪菜先輩、俺に好きって言ってくれたでしょ。あれ、めちゃくちゃ嬉しかったです。だから……俺も雪菜先輩に同じ言葉を送りたい」

願わくば、あなたが俺と同じように喜んでくれますように。

雪菜先輩は耳まで真っ赤にして「……勝手にしなさい」と小さくこぼした。本当にあまのじゃくだな、この人は。

「雪菜先輩」

愛しい人の名前を呼び、座り直して静かに息を吸う。

そして、ずっと伝えたかった気持ちを言葉にした。

「俺、雪菜先輩のことが好きです。付き合ってください」

緊張はなかった。ごく当たり前のように好きって言えた。

雪菜先輩は泣きそうな顔で俺を見つめている。

彼女の唇が頼りなく震えた。

「こんな性格の悪い私でよかったら……お付き合い、してください……」

雪菜先輩は恥ずかしそうにうつむいてそう言った。

……かと思いきや、勢いよく顔を上げる雪菜先輩。テーブルに身を乗り出して、ぐいっと俺の顔に自分の顔を近づけてきた。

「啓太くんッッ！」

「うわぁ！　び、びっくりしたぁ……急になんですか？」

「ほ、本当に私なんかと付き合いたいの⁉」

「付き合いたいですよ。好きですもん」

「だって私、あまのじゃくで可愛くないし……」

「可愛いですよ、すごく。あまのじゃくなところが特に」

「あうぅ……そ、それにほら、私ってばドS極まりないし……」

「俺もドM極まりないんで大丈夫です。むしろ相性バッチリじゃないですか」

「ほっ……本当に私のこと好き？」

「はい。大好きです」

雪菜先輩は元の位置に戻り、もじもじしながら上目づかいで俺を見た。

「……もっと言って？」

「え？」

「も、もっと好きって言ってほしい……かも」

雪菜先輩は「何度も言わせないで」と文句を言って、ぷくーっと頬をふくらませた。

あの雪菜先輩が、目の前でめちゃくちゃデレている……付き合った途端に甘え上手とか可愛すぎるだろ。

「雪菜先輩。大好きです」

「～～～っ！」

雪菜先輩は顔を両手で覆い、その場で足を投げ出してバタバタさせた。たぶん、壁越しでデレているときもこんな感じなんだと思う。

しばらく悶えた後、雪菜先輩はベッドに腰かけた。

「啓太くん」

「は、はい」

「こっちに来て」

雪菜先輩はベッドの空いているスペースを左手でバンバン叩いた。

お、おい。今度はベッドに誘ってきたぞ。

まさかとは思うけど……えっちな展開じゃないだろうな⁉

「あの、雪菜先輩。なんでベッドに？」

「そ、それは……あっ、甘えたいからっ！　言わせないでよ、ばか！」

雪菜先輩はぎゅっと目をつむり、ウサギのぬいぐるみを投げてきた。

あまり可愛いリアクションはしないほうがいい……下手すりゃ（俺が）尊死するぜ？

「でも、雪菜先輩。ベッドはまだ心の準備が……」

「彼女命令なの！　彼女命令はゼッタイなの！」

雪菜先輩は二体目のぬいぐるみを俺に投げて寄越した。今度はクマさんのやつだ。

「わ、わかりましたよ……失礼します」

俺は雪菜先輩の隣に座った。

ベッドに誘ってきたってことは……そ、そういうアレでいいんだよな？

このあと、俺はどうすればいいんだろう。手でも握るか？　それとも抱き寄せればいい？

まさかいきなり押し倒したりなんてことは——。

「啓太くん……えいっ」

雪菜先輩は俺の腕に抱きついてきた。

「えっと……雪菜先輩？」

「えへへ。啓太くんの恋人になれたら、腕に抱きついてみたかったの。夢が叶っちゃった」

雪菜先輩は幸せそうな顔で言った。いつものクールな雪菜先輩はどこへやら。今日はすっかりデレ雪菜である。なんにせよ、えっちな展開を迎えずによかったぜ。

しばらくして、雪菜先輩はそっと俺から離れた。何故か不満そうな顔をしている。

「啓太くん。なんだか今日はおとなしいわね」

「恋人同士になった途端、雪菜先輩のキャラが変わって戸惑っています」

「……嫌だった？」

「あ、いえ。嬉しいですけど、こんなにデレている雪菜先輩を見るのは初めてなので……」

「むぅ。私だけ舞い上がって馬鹿みたいじゃない。啓太くんも甘えなさいよ」

「えー。照れくさいですよ」

「彼女命令なの！　啓太くんに拒否権（きょひけん）ナシ！」

「わ、わかりました……こうでいいですか？」

俺は雪菜先輩の肩（かた）に頭を預けた。密着した雪菜先輩の体温が直に伝わってきてドキドキする。

どうしよう。めちゃくちゃ恥ずかしい。雪菜先輩、よく平然としていられるな……。

俺一人だけ照れていると、雪菜先輩はそっと俺から離れて嘆息（たんそく）した。

「はぁ……啓太くん。彼氏（かれし）ポイント０よ」

「甘え方（かた）に点数とかあるの⁉」

「当然でしょう？　今のところマイナス１００点だわ」

どうしてマイナスからのスタートなのだろう。意味がわからない。

「もう……仕方ないわね。来ていいわよ」

てのひらを上にして両手を広げる雪菜先輩。まるで俺を迎え入れるようなジェスチャーだ。

まさか、このポーズは……！

「啓太くん。ハグして？」

雪菜先輩は目をつむり、「んっ」と可愛らしい声を漏らした。

壁越しじゃないけど……ちょっと叫んでもいいかな？

「雪菜先輩可愛すぎだろぉぉぉぉぉ！」

「きゃあっ！　な、何？　急に大声出さないでくれるかしら」

「これが叫ばずにはいられますか！　さっきからなんなんだよ、可愛いな！」

「か、可愛い？　私が？」

「あなた以外にいないでしょ！『えいっ』とか言って腕に抱きついたり、ハグをおねだりしたり！　可愛すぎるわ！　彼女ポイント2億点だわ！」

「ま、待って。急に褒めないで。恥ずかしいわ……」

「個人的には『彼女命令なの！』って言うのが一番ポイント高いよ！　そんなん言われたら何でもお願い聞いちゃうじゃんか！　何故かって？　可愛いからだよ！　何回言わせるんだよ、雪菜先輩！」

「それはあなたが勝手に言ってるだけでしょ！　もうわかったから！　可愛いって言うの禁止っ！」

「はい、でたー！『可愛いって言うの禁止っ！』いただきましたー！　もう言い方が可愛い！　ぎゅってしたくなっちゃう！　くぅー！　俺の彼女は世界一可愛いなぁ――」

「やめてって言ってるでしょ、この全日本バカップル男子代表！」

「ぐふっ！」

雪菜先輩の水平チョップが俺の腹に飛んできた。付き合っても、照れ隠しに暴力を振るうのは変わらないのね……。

「啓太くんに可愛いって言ってもらえるの、すごく嬉しいわ。でも、無暗に褒めちぎるのは禁止。約束よ？」

雪菜先輩は頬をふくらませて、ビシッと俺の顔を指さした。うっかりまた可愛いと言いそうになったけど、俺は無言でうなずくに留める。

「もうハグはいいわ……私、これがほしい」

雪菜先輩は目を閉じて唇をすぼめた。

その可愛らしい仕草が何を意味するのか。わからないほど、俺も鈍くはない。

「え、まさか雪菜先輩……！」

「うん。啓太くん……ちゅうして？」

予想どおり、キスのおねだりだった。

「雪菜先輩。どんどんリクエストが過激になっている気が……」

「いいじゃない。私たち、付き合っているのでしょう？」

「でも、キスはムードとかありますし……」

「何よ。私とは、ちゅうできないの？」

雪菜先輩は片目を起用に開けて俺を咎めた。

やけに引っかかる言い方だ。まるで他の女の子とはキスできるのに『私とは』できないのかって意味に聞こえる。

「あっ……！」

そうか。「樹里ちゃんとはキスできるのに、私とはできないの？」って意味だったのか。

脳裏に公園での雪菜先輩の泣き顔がフラッシュバックする。

……不安にさせちゃったよね。

本当にごめんなさい、雪菜先輩。

過去はなかったことにできない。でも、彼女を安心させてあげることはできる。

「雪菜先輩……しても、いいですか？」

俺は雪菜先輩に顔を近づけた。

雪菜先輩の震える息づかいが聞こえる。緊張が伝わるその吐息をかき消すように、俺の心臓がバクバクと鼓動していた。

俺は雪菜先輩の小さい唇に自分の唇を重ねた。

　不思議なキスだった。ぬるま湯に浸かっているような安心感がある。言葉で好きって気持ちを伝え合うのとは少し違う。恋人同士の愛情表現でしか伝わらない気持ちがあるってことを、今俺は初めて知った。

　お互いの好きが溶けていく時間は、はたして何秒くらいだっただろうか。一瞬だったような気もするし、永遠にも似た時間だったような気もする。わからないけど、幸せな時間だったことだけは確かだ。

　俺はゆっくりと唇を離した。

　雪菜先輩はまぶたを持ち上げた。とろんとした彼女の目は普段よりも色っぽく見える。

「啓太くん」

「はい」

「もう一回しよ？」

「……はい？」

　まさかのおかわり発言だった。

　本当にどうしちゃったんだよ、雪菜先輩。今日一日で一生分のデレを使っているような気がして怖いよ。

「雪菜先輩……付き合った途端に欲しがりですね」

「べ、べつにいいでしょ。悪い?」

「悪くはないですけど……雪菜先輩の目、ちょっとエッチです」

「うっさい!」

「いでぇ!」

ちょっと! 照れ隠しに足踏むの禁止!

「痛いなぁ、もう。すぐ暴力振るうんだから……」

「知らない! 啓太くんが空気読まないせいせい!」

「俺のせいなのかなぁ……」

「そうよ……一回では樹里ちゃんと同じでしょ。私が啓太くんの一番なんだから、二回しないとダメなの」

雪菜先輩はむすっとした顔でそう言った。

俺は樹里と一度だけキスをした。

つまり、一回のキスでは樹里と同じ。もっとたくさんキスをしないと、自分が一番愛されている証明にならない……そういう意味?

なんて可愛い発想なのだろう。

俺の理性は簡単にぐらついた。もっと雪菜先輩が欲しくなり、強く抱きしめる。

「あっ……け、啓太くん？」

「俺、二回じゃ足りないかもしれません。もっとキスしたいです」

「んなっ!? なななっ、何言ってるのよ、啓太くんのえっち！」

「いいですね。エッチなキスもしましょう」

「ばっ、ばか言わないで！　あまり調子に乗っていると――」

俺は雪菜先輩の生意気な唇を自分の唇でふさいだ。

涙目の雪菜先輩は「もうどうにでもしなさいよ！」と言わんばかりに、俺のことをぎゅっと抱きしめてきた。

雪菜先輩のことが愛おしすぎて、俺もまた強く抱き返す。

そのままベッドに倒れ込み、俺たちはカップルらしい時間を過ごした。

◆

……ちょっと叫んでもいいかな？

雪菜先輩のデレ方ハンパねぇぇぇぇ！

というわけで、雪菜先輩の甘えぶりは想像以上だった。

ベッドの上で、雪菜先輩は俺に体を密着させてボディタッチをしてきた。顔、胸、手、お腹……さすがに下半身は触ってこなかったけど、代わりに俺の脚に自分の脚を絡ませて離さなかった。

俺の理性も限界だった。雪菜先輩の体に触れたくなり、そっと手を伸ばす……が、そこは信頼と実績の田中啓太クオリティー。雪菜先輩の頭をなでなでするに留めた。ヘタレでごめんなさい。

でも、雪菜先輩はすごく嬉しそうな顔をしていた。

たぶん、これでいいんだ。恋人同士になっても、俺たちはゆっくりと距離を縮めていくほうが合っている。

時刻はもう夜の十二時近くになっていた。

さすがに付き合った初日にお泊りする勇気はない。俺は自分の部屋に帰ることにした。玄関に行くと俺のサンダルがあった。さすが雪菜先輩。さっき着替えを取りに行ってくれたときに、一緒に持ってきてくれたのだろう。

「雪菜先輩、お邪魔しました。今日はお風呂まで借りちゃってすみません。助かりました」

玄関でサンダルを履きながら謝ると、雪菜先輩は「貸し一つね」と不敵に笑った。付き合っても、ドＳ雪菜は健在である。

「啓太くん。また今度ゆっくり遊びましょう」

「いいですね。ぜひぜひ。初デートが楽しみ……あっ」

しまった。重大なことを忘れていた。

クリスマスデート、まだ誘ってなかったじゃん。

「雪菜先輩。その、クリスマスなんですけど……デートしませんか？」

「ええ、もちろんよ」

「ほ、本当ですか⁉」

「驚きすぎよ。付き合っているのだから当たり前でしょう？」

雪菜先輩は「おかしな啓太くん」とくすくす笑っている。

どさくさに紛れてクリスマスデートの約束までしてしまった……夢みたいだ。今日の俺ってば、全人類の中で最高の恋愛運だったのでは？

「デートプランは私に任せて。年上彼女がエスコートしてあげるわ」

雪菜先輩は力こぶを出す要領で腕をグッと曲げた。

自信満々だけど、なんとなく不安だ。雪菜先輩、計画を立てるの苦手そう……でも本人がやりたいって言っているし、任せてみるか。

仮にぐだぐだなデートプランでも、それはそれで楽しめる。雪菜先輩と一緒なら、どんなデートも思い出になると思うから。

「わかりました。お言葉に甘えちゃいますね」

「任せて。それじゃあね。おやすみなさい」

「おやすみなさい、雪菜先輩」

手を振りながら、雪菜先輩の部屋を後にした。

アパートの廊下を歩き、自分の部屋に入る。

お風呂も入ったし、寝間着も着ている。特別やることはないし、時間も時間だ。今日はもう寝よう。

俺は部屋の電気を消してベッドに入った。

目を閉じて考える。

雪菜先輩とクリスマスデートか……どこに行くのかな。遊園地は雪菜先輩が絶叫マシーンに乗れないし、カラオケも音痴だからダメ。映画館だとすぐ泣いちゃうし、メイド喫茶は苦手……おい。どこなら遊べるんだ、あの人は。レストランくらいしか行けないのでは？

デートの最後はおうちデートがいいな。俺たちと言えば、やっぱりアパートで過ごす時間が一番幸せな時間だと思うし……ま、まさか泊まったりしないよね？　でもクリスマスだし……いやいや！　雪菜先輩に限って、そんな大胆なデートプラン用意してこない……

とも言い切れない！　デレ雪菜は侮れんぞ！

ダメだ。全然眠れない。妄想が膨らんでしまったせいか、完全に目が冴えてしまった。

「……外の空気でも吸って落ち着くか」

俺はベッドから起きて、コートを羽織ってベランダに出た。すごく寒いけど、冬のひんやりした空気を吸うのは気持ちがいい。

夜の街を見ながらぼーっとしていると、

『ごめんね、ママ。電話に出られなくて。さっきまでお友達がお部屋に来てたの』

隣のベランダから雪菜先輩の声が聞こえてきた。

声のしたほうに視線を向ける。雪菜先輩はパジャマの上に例のちゃんちゃんこを着て通話をしていた。会話の内容から察するに、電話の相手は実家の母親だと思う。

『ち、違う！　彼氏じゃないもん！　だっ、だからお隣さんとはそういう関係じゃないんだってば！』

雪菜先輩は何故か慌てている。照れ隠しなのか、雪菜ママには俺と付き合っていることは内緒らしい。

というか、雪菜ママも俺のことを知っているのか。雪菜先輩、普段はどんな感じで母親と会話しているのだろう。『今日ね、お隣に住む啓太くんがね！』と、電話越しに子どもみたく話す雪菜先輩を想像してみた……可愛すぎるぞ、こんちくしょう！

　いかん。また妄想が捗ってしまった。せっかく落ち着いてきたのに、また目が冴えてしまう。

　俺はデレ雪菜を見ていたい衝動をこらえて、部屋に戻ろうとした。

　そのときだった。

　雪菜先輩の語気がわずかに強くなったのは。

『うん。彼にその話はちゃんとするから』

　会話の流れ的に「彼」は俺のことだろう。

　……「その話」ってなんだ？

　気になってしまい、俺は聞き耳を立てた。

　しかし、雪菜先輩の声が急に小さくなったため、上手く聞き取れない。

『うん……そうだね。お母さんがこっちに来たときに……それは……決めよう……それまでには話すから』

　くっ。話の内容がイマイチわからない。

　雪菜ママがこのアパートに来ること。それと、俺に大事な話があることはわかったけど
……。

「まさか……お母様に彼氏を紹介するってことか⁉」

いやいや。さすがにそれはない。さっき電話で『お隣さんとはそういう関係じゃない』と言っていた。つまり、雪菜先輩は家族に俺を紹介するつもりはないだろう。

じゃあ、俺に話したいことって何？

わからないけど、これだけは言える。俺たちはもう何でも話せる仲になったんだ。隠し事はせず、ちゃんと話してくれるはず。

「もしかして、デートのサプライズだったりして」

だとすれば、なおさら電話の内容を聞くわけにはいかない。

俺は部屋に戻り、再びベッドに入るのだった。

第四章　聖夜に誓いの口づけを
～二人で見る桜の雨～

DOKUZETSU SHOJO HA AMANOJAKU

【イチャイチャ必至のクリスマスデート】

「――というわけで、無事に雪菜先輩と付き合えたよ。二人とも、相談に乗ってくれてありがとう」

放課後の教室で、俺は飛鳥たちに告白したことを報告した。

二人は俺の恋を応援してくれた。結果はどうであれ、お世話になった二人には必ず報告しようと心に決めていたのだ。

ただ、二人の反応が怖くもある。俺と雪菜先輩が付き合うことになり、二人は複雑な気持ちだと思うから。

はたして喜んでくれるだろうか。

緊張していると、飛鳥は「おおっ、やったじゃん！」と手を叩いてはしゃいだ。

「ボクはね、けーたが雪菜さんにフラれることはないと思ってた。でも、けーたが告白できないことを危惧していたんだ。ほら、キミってヘタレでしょう？」

「どんだけ信用されてないんだ……」

たしかに俺はヘタレだけども。

抗議する前に、樹里が話に入ってきた。

「啓太せんぱい、おめでとうございますっす」

「樹里……ありがとう」

「雪菜せんぱいと末永くお幸せに。あ、でもでも、二人がちょっとでも不仲になったら、ウチが啓太せんぱいをメロメロにしちゃうっすよ？」

樹里がおどけてウインクする。

恋敵と結ばれた俺を祝ってくれる彼女たちには、本当に感謝しかない。

……せっかく二人が祝福してくれているんだ。あまり気をつかわずに、明るく振る舞うのが正解だろう。

「心配するなよ、樹里。すでに俺は雪菜先輩にメロメロだ」

「なははっ！　惚気るとはこしゃくっす！」

樹里がケラケラ笑うと、飛鳥もつられて笑う。

なんていいヤツらなんだ。

彼女たちの優しさに甘えてばかりの自分が情けない。

樹里。飛鳥。

応援してくれて、本当にありがとう。

◆

それから何事もなく日々が過ぎていった。

雪菜先輩からは『例の電話の話』は聞かされていない。今日聞かされるのか、あるいはまだそのときではないのか。わからないけれど、不安はない。俺たちはもう面と向かって本音で語り合えるから。

「記念になる初デートはクリスマスがいい」という雪菜先輩の可愛い要望により、俺たちはまだデートしていない。

とはいえ、雪菜先輩は毎日のように俺の家にやってくる。彼女いわく、これは日課だからデートに含まれないらしい。

付き合ってからの雪菜先輩はデレることが多くなった。

相変わらず毒舌と関節技はキレッキレだが、必ずと言っていいほど甘えてくる。手を繋いできたり、抱きついてきたり、キスをおねだりしてきたり。こんなに甘(あま)え上手なお姉さんだとは思わなかった……くっ！　たまには俺も甘えたいぜ……！

幸せな日常はあっという間に過ぎていき、クリスマス当日を迎(むか)えた。

アパートの前で待ち合わせしていると、雪菜先輩が小走りでやってきた。

「ごめんね、啓太くん。待った？」

「全然。俺も今来たところです」

雪菜先輩はセーターの上にボアのパーカーを着ている。下は黒いロングスカート。足元はカジュアルなスニーカーだ。

大人っぽい服装だが、随所(ずいしょ)に可愛いさもある。雪菜先輩を体現しているかのような素敵(すてき)なファッションだと思う。

「啓太くん？　どうかしたの？」

「いえ。雪菜先輩の私服姿に見惚(みと)れていました。似合ってますよ、すごく」

「……かっ、勘違(かんちが)いしないで。べつに初デートだから気合いを入れて新しく服を買ったわけではないわ。普段(ふだん)は読まないファッション誌を買ったり、ネットで初デートの彼女ファッションを調べて研究したりなんて、これっぽっちもしてないんだからね？」

「あはは。いっぱい研究したんですね」

「し、してないもん！」

「おっ、早速デレた。『してないもん！』だって。雪菜先輩は可愛いなぁ――」

「お黙り下僕ッ！」

「ぐわっ！」

雪菜先輩のローキックが俺のふくらはぎに炸裂した。

「いてて……もう。素直じゃないんだから」

「ふん。素直じゃないのは昔からよ」

「ま、そこが雪菜先輩の可愛いところなんですけどね――いでっ！　なんで蹴るのさ⁉」

「そこに啓太くんがいるからよ」

「登山家みたいに言うじゃん……」

「でも……褒めてくれてありがとう。嬉しいわ」

ほんの少しだけデレた雪菜先輩は、俺の私服をちらりと見る。

「啓太くんのファッションはまずまずね」

「うぐっ。そこはかっこいいって言われたかった……」

「悪くはないわ。でも『ザ・普通』って感じ。無難な服を選んだのが丸わかりよ。シンプルな服装が悪いわけではないのだけれどね」

指摘されて自分の私服を見る。黒いトレンチコート、ベージュのセーター、下は黒いチノパンだ。

「ぐぬぬ。たしかに無難なコーデかもしれません」

「あと顔のコーディネートがスケベね」

「顔のコーディネートって何⁉」

彼氏の顔をスケベって言うのやめて。傷つくから。

……そういえば、雪菜先輩は俺の性格は褒めてくれるけど、見た目を褒めてくれたことってほとんどないかも。自分の容姿が優れているとは思っていないけど、好きな人には褒めてもらいたかったな。

落ち込んでいると、雪菜先輩は笑った。

「ふふっ、冗談よ。啓太くんは私の王子様だもの。世界一かっこいいわ」

「えっ……ほ、本当に？」

聞き返すと、雪菜先輩は後ろに手を回し、恥ずかしそうにうなずいた。

おおっ……直球で褒められるとは思わなかった。俺も気恥ずかしくなり、おもわず照れ笑いしてしまう。

「でも、ファッションは別。合格点は上げられないわ。そこで私から提案があるの」

「提案……？」

「ずばり！　啓太くんのファッションセンス向上のために、今日はあなたに似合うお洋服を選んであげる！」

そう言って、雪菜先輩は得意気に鞄（かばん）から冊子を取り出した。

表紙にはピンク色の文字で『デートのしおり』と書かれている。小学生の頃（ころ）に配られた『遠足のしおり』と同じノリだ。

「今日はこれに書かれた予定どおりに行動しましょう」

「これ、雪菜先輩の自作ですか？」

「ええ。一生懸命（いっしょうけんめい）考えたの」

えっへん、と言わんばかりに胸を張る雪菜先輩。年上のお姉さんなのに、こういう子どもっぽいところがあるから可愛いんだよなぁ。

「あはは。クリスマスデート、楽しみですね」

「ふふっ。啓太くんは子どもね。クリスマスではしゃぐなんて」

「しおりまで作って、一番はしゃいでいるのは雪菜先輩……嘘（うそ）です、ごめんなさい」

俺は即座（そくざ）に謝った。雪菜先輩がローキックの構えを取ったからである。

「生意気よ、啓太くん。今日は私がエスコートするって決めたのだから、黙って私について来なさい。だから、その……」

「どうかしました？」

「わ、私から離れちゃダメよ？」

雪菜先輩はそっと俺の手を握（にぎ）った。

離れちゃダメよ、か。付き合う前だったら、絶対に言わないセリフだ。

壁越（かべご）しでしか会えなかった素の雪菜先輩が、今こうして目の前にいる。そう思うと、なんだか感慨深（かんがいぶか）い。

「行きましょう、啓太くん！」

「あっ、ちょっと！　引っ張らないでくださいよ！」

雪菜先輩は俺の手を引いて歩き出した。手を繋ぐのが恥（は）ずかしいのか、雪菜先輩の頬（ほお）はほんのり赤い。

俺たちは会話をしながら仲良く並んで歩いた。

雪菜先輩のおしゃべりは止まらない。学校の話、友達の話、最近読んだ本の話、好きな音楽の話。普段の会話と内容は同じでも、すべてが特別に感じる。全部クリスマスのせいだ。

「でねっ、啓太くん。そのとき飛鳥ちゃんがね――」

俺の隣で雪菜先輩は楽しそうに話をしている。
今日は素敵な一日になる――彼女の笑顔を見て、そう思った。

◆

俺たちは電車に乗り、三駅ほど離れたショッピングモールにやってきた。

お目当ての服屋はもちろん、飲食店や雑貨屋、家電量販店、書店など、多くの商業施設が並んでいる。これだけ多くの店があれば、丸一日いても楽しめそうだ。

クリスマスということもあり、街は幸せそうな顔をした人々で溢れていた。俺たちと同じようにデート中のカップルも多い。

「啓太くん。あのお店に行きましょう」

雪菜先輩が指さした先には服屋があった。そこそこ有名なファッションブランドのセレクトショップだ。俺もブランド名くらいは聞いたことがある。

「私が啓太くんをイケメンにしてあげるわ」

「あーそうですか。今の俺はかっこよくないですか」

わざとらしくいじけてみると、雪菜先輩はぷくーっと頬をふくらませた。

「……か、かっこいいけど！　服装はダメって意味！」

雪菜先輩は「私をからかうなんて生意気よ！」とぷりぷり怒った。いかん。可愛すぎて、からかうのが癖になりそうだ。

俺たちはセレクトショップに入店した。

店内には冬服だけでなく、春服も陳列されている。鞄やベルト、マフラーなど小物の種類も豊富だ。

「さて。啓太くんはここで待っていて」

「え？　一緒に選ぶんじゃないんですか？」

「私がトータルコーディネートしてあげる。お洋服一式を持ってくるわ。それを試着して判断して」

そう言うと、雪菜先輩は買い物かごを持って店内をうろうろし始めた。

本当は仲良く相談しながら決めたかったが、これもデートのしおりに書かれているプランなのだろう。ここは素直に従っておくか。

十五分後、雪菜先輩は俺の元に戻ってきた。

「お待たせ、啓太くん」

「いえいえ。意外と時間かかりましたね」

「ごめんなさい、ちょっと服が多くて迷ってしまって。はい、これどうぞ」

俺は雪菜先輩から服の入った買い物かごを受け取った。そのまま試着室に入り、カーテンを閉めて服を着る。

「啓太くん。どう？」

カーテンの向こう側で雪菜先輩の弾むような声が聞こえる。

「あの……着替えました」

「そう。生まれ変わった啓太くんを見るのが楽しみだわ」

「……たしかに生まれ変わったけども！」

俺は試着室の鏡を見て叫んだ。

鏡には牛の着ぐるみ姿の俺が映っている。頭の部分はフードになっており、顔のみ露出されている。ゆったりとしたシルエットなのはパジャマだからだろうか。模様は白と黒のコントラストが見事……じゃなくって！　なんで着ぐるみパジャマ⁉

俺はカーテンを勢いよく開けた。

「雪菜先輩！　なんですか、この服装！」

「牛よ」

「知っとるわ！　なんで牛の着ぐるみパジャマを着させたのかを聞いたの！」

「寝るとき、温かくていいでしょう?」

「はい。とても動きやすいし、気に入りました……じゃねぇよ!?」

さすがにツッコんだ。イケメンにコーディネートしてくれるんじゃなかったんかい。

「啓太くん。似合っているわ……ぷふっ!」

「あっ、今笑ったでしょ! このファッション、雪菜先輩の指示ですからね!?」

「失礼したわ……ぷくくっ! これで寒い夜も安心ね……くふぅ!」

「笑うなっ!」

これもデートのしおりに書いてある予定どおりだったりして……このあとのデートプランが不安なんですけど。

「啓太くん。残念ながら、牛の着ぐるみはナシね」

「知ってるよ!」

「大丈夫。今のはジャブよ。まだ候補はあるわ」

いや真面目にやってよ……とは、言えなかった。

雪菜先輩がすごく楽しそうに笑っていたから。

「ふふっ。デート楽しいね、啓太くん」

ズルい。反則だ。そんな可愛い笑顔を見たら、何も言えなくなってしまう。

「私、次の服を選んでくるわ。啓太くんはその間に着替えて、商品を棚に戻しておいてね」

そう言って、雪菜先輩は再び売り場へ行ってしまった。俺、この服がどこにあるのか知らないんですけど……。

「まったく。雪菜先輩は自分勝手なんだから……」

でも、こうやって振り回される日常が愛おしかったりする。

カーテンを閉めて、ふと鏡を見る。

鏡の中の俺は楽しそうに笑っていた。

◆

結局、俺はカーディガンを一着だけ購入した。胸に王冠の刺しゅうが入った紺色のカーディガンで、春先に活躍しそうなアイテムだ。

雪菜先輩がいろいろと選んでくれたのだが、ここはブランドの店。地味に値段が高く、俺の予算では何着も買えなかったのだ。

「ごめんなさい、啓太くん。値段も調べなきゃダメよね……」

二人で並んで歩いていると、雪菜先輩が申し訳なさそうに言った。

「どうして謝るんですか。俺、ショッピング楽しかったですよ」

「でも、本当はトータルコーディネートしてあげたかったのに……」

雪菜先輩は、しゅんとうつむいてしまった。

……本当に不器用だな、この人は。

俺は雪菜先輩のほっぺたを両側から優しくつねった。

「へっ、へーはふん⁉　はにふるのほっ！」

「落ち込んでいる雪菜先輩に元気出してほしくて」

「ふへっ？」

俺は雪菜先輩のほっぺたから手を離した。

「俺、このカーディガンすごく気に入りました。デザインもオシャレだし、それに……雪菜先輩が一生懸命選んでくれたから。大切に着ます」

「啓太くん……ふふっ。ありがとう」

雪菜先輩がデレ顔になったのも一瞬のこと。慌てて咳払いをしてツン顔になってしまった。

「当然よ。私のファッションセンスに間違いはないわ」

「あはは。最初はどうなるかと思いましたけどね」

「何を言っているの。着ぐるみはネタよ」

「あれがマジだったらドン引きですけど」

「楽しかったからいいじゃない……ほら、次の目的地に到着したわよ」

「ここは……喫茶店ですか？」

店先の看板には「ミルキーウェイ」と書かれている。外装はピンク色とかなり派手だ。女性向けのお店なのかもしれない。

「おおー。すごい行列ですね」

店の外までお客さんが並んでいる。かなり繁盛しているお店らしい。

「雪菜先輩。こんなに可愛いお店に男が入っても大丈夫ですか？」

「へ、平気よ。ここはカップルもよく利用するらしいから……」

「あ、なるほど。それで混雑しているんですね。今日はクリスマスだもんなぁ」

「そ、そうね……」

雪菜先輩はどこか緊張している様子だった。

……なんか怪しいぞ。

「雪菜先輩。どうしてそわそわしているんですか？」

「な、何を言っているの？　私は常に冷静沈着よ」

雪菜先輩は上擦った声でそう言った。

この反応、ますます怪しいんだが……雪菜先輩め。さては何か企んでいるな？

「ほら。並ぶわよ」

俺は雪菜先輩に促されて列の最後尾に並んだ。

二十分くらい待っただろうか。俺たちはようやくテーブル席に案内された。

店員はおしぼりを渡しながら「ご注文はお決まりですか？」と俺たちに尋ねる。

「はい。俺はこのブレンド――」

「スペシャルらぶらぶカップルドリンクを一つ。注文は以上です」

雪菜先輩は早口で注文を終えてしまった。どうでもいいけど、ドリンク名が恥ずかしすぎる。

「あの、雪菜先輩。俺まだドリンク頼んでないですよ」

「い、いいのよ！　注文はあれで大丈夫！」

「いや意味わからんし……何が大丈夫なんですか？」

「き、きたらわかるのっ！　スペシャルらぶらぶカップルドリンクだから平気なのっ！」

雪菜先輩が声を荒らげると、周囲の席からクスクスと笑い声が聞こえてきた。「可愛いなぁ」とか「初々しいね」という声もちらほら聞こえる。ちなみに、対面に座る雪菜先輩の顔は真っ赤である。

「ううっ、恥ずかしい……啓太くん。静かにしなさい。他のお客さんに迷惑でしょう」

「いや、今のはどう考えても雪菜先輩が一人でうるさかっただけ——ちょ、蹴らないでってば！」

雪菜先輩は俺のすねをげしげし蹴った。

「……見ればわかるから。ドリンクが届くのを待ちなさい」

それだけ言って、雪菜先輩は黙ってしまった。

見ればわかる、か。

よくわからないけど、先ほど雪菜先輩は何か企んでいる様子だった。きっと注文したドリンクに秘密があるのだろう。いったいどんなドリンクなんだ？

考えているうちに店員がやってきた。

「お待たせしました。ご注文のスペシャルらぶらぶカップルドリンクです」

店員はテーブルの中央にドリンクを置いた。

グラスは少し大きめで、液体の色は薄いピンク色。しゅわしゅわと微かに音を立てている。

と、飲んでみないことにはわからないが、ピーチの炭酸ドリンクかもしれない。ここまでは普通の飲み物だ。

問題なのは、ストローが水面より上のところでハートの形になっていること。

しかも、飲み口は二つに枝分かれしている。一つは雪菜先輩のほうに、もう一つは俺のほうに向かって伸びている。

「雪菜先輩、これってもしかして……」

「ピーチの炭酸ね」

「いやもっと気になるところあるでしょ！　これ、二人で飲むんですか⁉」

「そ、そうよ。カップル専用ドリンクだもの」

「……カップル専用？」

なるほどな。周囲のお客さんが笑うわけだ。

俺たち、傍から見たら付き合いたての初心なカップルだと思われているんだろうな……やだ、恥ずかしい！　今すぐこの店から逃げ出したい！

「な、何よ。啓太くんは私とこれを飲むのが嫌なの？」

「嫌というか、恥ずかしいというか……」

「……もっと驚いて喜んでくれるかと思ったのに」

「えっ？」

「啓太くんは私と恋人らしいことしても楽しくないんだ……いいもん。一人で飲むもん

「……」

雪菜先輩は唇を尖らせて、ストローの先を指でつんつんした。いじける仕草は子どもっぽくて、普段の大人っぽい雪菜先輩とは正反対だ。

……ちょっと叫んでもいいかな？

雪菜先輩可愛すぎだろぉぉぉぉ！

忘れてたよ、デートのしおりの存在を！

このスペシャルらぶらぶカップルドリンク、雪菜先輩が事前に下調べしてくれたんだよね⁉　俺の喜ぶ姿を想像しながら計画してくれたんだよね⁉　それで俺のリアクションが薄いから、子どもみたいにすねちゃったんだよね⁉　いや可愛すぎか！　うっかりぎゅって抱きしめそうになるわ！

おい、シェフを呼べ！　素晴らしいドリンクを作ってくれてありがとう！　おかげで雪菜先輩のギャップ萌えが見られました！　その手腕、お見事なりッ！

……などと言うと、雪菜先輩は照れ隠しに何をしでかすかわからない。俺は心の中で叫ぶに留めた。

「雪菜先輩。ドリンク飲みましょう」

「……嫌なんじゃないの？」

「そんなこと一言も言ってませんよ。恥ずかしかったから照れ隠しをしたんです」

「……何よそれ。変なの」

「あはは。あまのじゃくな誰かさんの影響かもしれません」

からかうと、雪菜先輩はむすっとした顔をした。

しかし、その表情はすぐに破顔する。

「……ふふっ。啓太くんのいじわる」

「ごめんなさい。怒りました？」

「ううん……落ち込んでいる私を笑顔にしようと思って言ったんでしょ？」

「あはは……バレました？」

「バレバレよ。あなたのそういう優しさに私は惚れたのだから」

「ちょ、急にデレないでくださいよ。照れくさいじゃないですか」

「ふふっ。さっきのお返しよ……ね、飲みましょう？」

「……はい」

緊張しつつ、俺はストローに唇を近づけた。雪菜先輩も同じように近づき、ストローをはむっとくわえた。

こんなに至近距離に雪菜先輩の顔があるなんて……なんだかキスしているみたいで恥ず

かしい。

雪菜先輩と目が合う。どうすればいいかわからず、見つめ合う俺たち。雪菜先輩の顔は真っ赤だ。たぶん、俺の顔も赤くなっていると思う。

俺たちはストローから唇を離した。

「あはは。恥ずかしかったですね、雪菜先輩」

「そ、そうね……思っていたのと違ったわ」

「どういうのを想像していたんです？」

「ストローを咥えながら、幸せそうな顔で見つめ合って、その、イチャイチャする感じの……ちょっと！　笑わないでよっ！」

雪菜先輩は俺のすねを蹴ってきた。

「もう！　今日の啓太くんはいじわるだわ！」

「あははっ。すみません。でも、いい思い出になりましたね。恋人らしいことができてよかったです」

「ええ……今日はたくさん思い出を作りましょう」

「……雪菜先輩？」

俺は見逃さなかった。雪菜先輩の表情が一瞬だけ曇ったのだ。

ふと例の電話の件が脳裏に浮かぶ。

あのとき、雪菜先輩は俺に何か隠し事をしているような口ぶりだったっけ。

雪菜先輩は母親との電話で『それまでには話す』と言っていた。

『それまで』がどの時点を指すかわからない。

それでも俺は信じて待つ。

雪菜先輩が勇気を出して相談してくれる、そのときまで。

「啓太くん？　難しい顔をしているけど、どうかしたの？」

雪菜先輩は困ったような顔をして尋ねた。

いけない。俺が彼女を心配させたらダメだ。いつでも隠し事を言える状況を作ってあげなきゃ。

「すみません。雪菜先輩の考えていた『イチャイチャ』が気になってしまって」

「わ、忘れなさい！」

「嫌です。イチャイチャかぁ。何をするつもりだったのかなー？」

「もう！　いじわる！」

雪菜先輩はぷいっとそっぽを向くが、ぷっと吹き出して笑った。

「ゆ、雪菜先輩？」

「あはは っ！　啓太くんが難しい顔をしてえっちなこと考えているかと思うと可笑しくて！」

「エッチなことは考えてないよ⁉」

そもそも難しい顔をしていたのはあなたのせいでしょ。

でもまぁいっか。雪菜先輩もデートを楽しんでくれているようだし。

記念すべき初デートなんだ。難しいことは考えず、俺も楽しまなきゃ。

「雪菜先輩。もう一回ドリンク飲みましょう」

「そうね。せっかくだし、いただきましょう」

俺たちは恥ずかしそうにストローに口をつけ、見つめ合いながらドリンクを飲むのだった。

◆

喫茶店を出た俺たちは、再びショッピングモールを並んで歩いている。

「雪菜先輩。次はどこへ行くんですか？」

「ここよ」

雪菜先輩はとある店の前で立ち止まった。

「おっ。ゲーセンですか？」

「ええ。入りましょう」

雪菜先輩は俺の手を引いてゲーセンに入店した。

店内は多くの人で賑わっていた。予想はしていたが、やはりカップルが多い。

ゲームの音が飛び交う中、俺たちは店内の奥へと進んでいく。

雪菜先輩がここを選んだのは意外だった。もっと静かな場所を好むと思っていたんだけど……。

「雪菜先輩はよくゲーセンで遊ぶんですか？」

「いいえ。普段は来ないわ。騒がしいのは苦手だから」

「じゃあ、今日はどうして？」

「……行きたいところがあるの」

雪菜先輩はもじもじしながら言った。

ゲーセンで行きたいところか……もしかしたら、クレーンゲームかもしれない。雪菜先輩はぬいぐるみが好きだからだ。あるいは、俺の部屋で散々プレイしたレースゲームのどちらかだろう。

しかし、俺の予想は外れた。

雪菜先輩が俺を連れていったのはプリクラコーナーだった。どのプリクラ機も可愛い女の子が写ったカーテンで仕切られている。

「行きたいところってここだったんですね。なんだか女子高生っぽいなぁ」

「啓太くん。私は女子高生なのだけど。そんなに老(ふ)けて見えるかしら？」

雪菜先輩の額に四つ角がくっきり見える。ヤバい、なんか怒っている。

「ご、誤解ですよ。クールな雪菜先輩のイメージとはかけ離れていたので、意外だったという意味です。雪菜先輩、こういうの興味ないと思っていたから」

「あまり興味はないけど……クリスマスだしね。思い出になるかなって」

「あはは。また思い出ですか？」

「そうね。大事なことよ」

雪菜先輩は柔(やわ)らかく微笑(ほほえ)んだ。

今日は俺たちが付き合って初めてのデート。いわば記念日だ。雪菜先輩が思い出にこだわる理由もわかる気がする。

「雪菜先輩。撮(と)りましょうか」

「ええ。なんだか緊張するわね」

「俺もです。プリクラコーナーって女子ばかりだからドキドキしちゃって」

「啓太くん。それは緊張ではなく興奮よ」

「ちげぇよ!?」

俺たちはいつものようにじゃれ合いつつ、一台のプリクラ機の中に入った。

硬貨を入れると画面が変わり、音声ガイドが流れる。俺たちは画面と音声に従って操作した。

「雪菜先輩。どうしましょう？　撮影の効果、いくつか種類があるみたいですけど」

「えっと……この『ピーチ肌』とかいうのが無難ではないの？　あまり凝った加工は好きではないわ」

「なるほど。俺は『ゆるあまテイスト』の雪菜先輩も見たいな。きっと可愛いと思います」

「そ、そう？　二種類選べるみたいだし、それも選んでみようかしら」

「お、チョロい」

「決めたわ。蹴るッ！」

「いだっ！　ご、ごめんって！」

「写真は何分割がいいかしら？　分割した枚数と同じ分だけ啓太くんのおしりも分割しましょう」

「プリクラにそんな機能ないよ⁉」

そんなこんなで俺たちはプリクラを撮った。

撮影後の落書きタイムでは、日付と『初デート記念日』の文字を書いた。シンプルな落書きだけど、思い出の一枚になったと思う。

撮影を終えてしばらくすると、シールが出てきた。

取り出してシールを見る。

雪菜先輩はしっかりと盛れている。不自然に加工されることもなく、美人に写っていた。

一方、俺はいろいろとヤバかった。めちゃくちゃ美白だし、化物みたいに目がデカい。

雪菜先輩はシールを見て笑った。

「あははっ！　け、啓太くん！　目が大きくて怖い！」

「わ、笑いすぎですよ！」

「だって、この目見てよ！　あははっ！」

雪菜先輩はお腹を抱えて無邪気に笑っている。

その可愛らしい表情は、プリクラで盛られた雪菜先輩の何倍も輝いて見えた。

「雪菜先輩……普段からそれくらい素直になってくれてもいいんですよ？」

ニヤニヤしながらそう言うと、雪菜先輩は「あっ」と声を漏らし、口元に手を添えた。

「ふ、ふん。少々はしゃぎすぎたようね」

「あはは。俺の前では素の雪菜先輩でもいいのに」

「うん……でも、まだちょっと恥ずかしいわ」

雪菜先輩はむすっとした顔で俺を睨んだ。知っていたけど再確認。雪菜先輩は可愛すぎる。

「俺、いつかデレデレの雪菜先輩とデートしてみたいです」

「……おうちデートのときは善処するわ」

そう言いながら、雪菜先輩はシールを大事そうに抱いた。

「いい思い出になったわ。ありがとう、啓太くん」

「ふふっ。お礼を言うなんて大げさだなぁ。記念日に限らず、いつでも撮りに行けますよ？」

何気なく発した言葉だった。特に深い意味はない。「また撮りに来ましょうね」くらいの意味で言ったつもりだ。

だけど、雪菜先輩はそうは受け取ってくれなかったらしい。

「……啓太くん。『いつでも』なんて言葉はまやかしよ？」

「えっ？」

「この瞬間は今しかない。時が経てば『いつでも会える』は、『いつでも会えた』に変わるわ」

雪菜先輩の発した言葉の意味はよくわからない。

ただ、嫌な予感はする。

今の言葉は、きっと例の隠し事と関係があるのだ。

「……ごめんなさい。わけのわからないことを言ってしまったわ。忘れて？」

雪菜先輩は微笑んだ。

その笑みが儚くて、なんだか急に不安になる。

「行きましょう、啓太くん。今度はクレーンゲームをやってみたいの」

「雪菜先輩。何か俺に言いたいことがあるんじゃ――」

「お願い。私のワガママに付き合って？」

雪菜先輩は俺の言葉をさえぎった。

ワガママってクレーンゲームに俺を付き合わせること？

それとも隠し事を聞くなって意味？

わからなくて、俺は曖昧に笑った。

「……クレーンゲーム、やりましょうか。雪菜先輩の好きなやつ、取ってあげますよ」

「本当？　楽しみだわ」

雪菜先輩は俺の手を握った。

楽しかったはずのデートの時間。

でも、今は少し胸騒ぎがする。

……大丈夫だよね？

もう今までの俺たちじゃない。アパートの壁なんかなくても、時が来れば、雪菜先輩は自分の言葉で語ってくれる。

本音を聞くのはちょっぴり怖いけど、俺はそう信じている。

「雪菜先輩。ぬいぐるみ、どんなのがいいですか？」

俺と雪菜先輩はぬいぐるみの話で盛り上がりつつ、クレーンゲームのコーナーへ向かうのだった。

【伝えたい想いと二人の未来】

散々遊び尽くした俺たちはゲーセンを出た。

時刻は十七時を回っている。辺りは暗くなっていて、街の明かりがあちこちで灯っていた。冬の澄んだ空気が冷たくて、それが妙に心地よい。

「啓太くん。ぬいぐるみ、取ってくれてありがとう」

雪菜先輩はぬいぐるみの入ったビニール袋を前後に揺らしながら礼を言った。

「いえいえ。任せてくださいよ」

以前、樹里とクレーンゲームに挑戦したとき、俺は全然取れなかった。それが悔しくて、あの日以降ちょくちょく練習していたのだ。まさかこういう形で役に立つとは思わなかったけど、練習しておいてよかった。

「雪菜先輩。次はどこに行くんですか？」

「イルミネーションを観ましょう。場所が空いていればいいのだけれど」

「空いていれば？　人気スポットなんですか？」

「ふふっ。着いてからのお楽しみよ」

雪菜先輩は嬉しそうに言った。もしかしたら、サプライズなのかもしれない。俺はそれ以上聞かないことにした。

しばらく歩くと、遠くにクリスマスツリーが見えてきた。一本ではない。広いメインストリートの中央に等間隔でたくさん並んでいる。

クリスマスツリーはそれぞれ飾り付けされていた。しかし、暗くてよく見えない。ここから見えるのは、せいぜいツリーの天辺に施された星型の装飾くらいだ。

「ここにあるクリスマスツリーはね、一斉にライトアップされるの。啓太くん、こっちよ」

雪菜先輩はとある商業施設を指さした。五階建てで、たくさんのテナントが入っている建物だ。

「こっちって……室内ですか？」

雪菜先輩は俺の問いには答えず、商業施設の中に入っていった。俺は慌てて彼女の後を追い、エスカレーターで二階へ移動する。

「着いたわ。ここよ」

雪菜先輩は俺を渡り廊下に連れてきた。

建物は東棟と西棟に分かれている。その両棟を繋いでいるのが、この渡り廊下だ。

渡り廊下は屋外だった。天井はなく、左右は手すりが設けられている。なるほどな。見通しのよいこの場所なら、イルミネーションを上から一望できるってわけか。

人通りはあるものの、廊下は広い。端っこで景色を眺めるだけなら、通行人の邪魔にならないだろう。

「どう？　特等席よ」

雪菜先輩は得意気にそう言った。

「たしかに、ここならイルミネーションがよく見えますね」

「ふふっ。雑誌のクリスマス特集に載っていたのよ」

俺と雪菜先輩は並んでクリスマスツリーを見た。まだ点灯していないツリーは夜の街に溶け込んで輪郭が曖昧だ。

俺の隣で雪菜先輩はスマホを確認した。その横顔はまるでクリスマスプレゼントの箱を開けてはしゃぐ子どもみたいに見える。

「啓太くん！　そろそろよ！」

「え？　そろそろって？」

尋ねると、雪菜先輩はメインストリートを左から右へと指でなぞった。

「決まっているでしょう？　ライトアップよ！」

それはまるで魔法のようだった。

雪菜先輩の言葉に応じるように、街が聖夜の訪れを人々に告げる。

ツリーは台座の下から青白い光に照らされた。

電飾は金色の輝きを放ち、オーナメントとともにツリーを彩る。赤、白、オレンジ、紫……様々な色と模様のクリスマスボールが、光に包まれて夜に浮かび上がる。

イルミネーションはツリーだけじゃない。周囲の建物にソリを引くトナカイのシルエットが映し出された。赤いコスチュームに身を包んだサンタクロースもいる。

他にも「Merry Christmas.」の光る文字、空から降る雪を模した淡い光など、美しいイルミネーションが街を煌めかせた。

通行人も足を止めてイルミネーションを見ている。今、この瞬間だけは、星々で覆われた夜空も敵わないくらい街は華やいでいた。

「すごい……！　めちゃくちゃキレイですね、雪菜先輩！」

「ええ。想像以上ね」

「こんな豪華なイルミネーション、初めて見ましたよ！　雪菜先輩と一緒に見られて嬉しいなぁ！」

「うん。私も嬉しいわ……」

興奮している俺とは対照的に、雪菜先輩はどこか元気がない。

なんとなく、わかってしまった。

楽しかった時間は今、この瞬間に終わったのだと。

「……雪菜先輩？」

「私、意気地なしだから。言うのが怖くて遅くなっちゃった……でも、デートの時間はもうすぐ終わり。だから、言うわね」

雪菜先輩は悲しそうに笑った。

さっきプリクラを撮り終えたときに見せた、儚い笑みだ。

「もしかして、隠し事の件ですか？」

「えっ⁉　ど、どうしてそれを……？」

雪菜先輩は驚き、目を見開いた。

「雪菜先輩のことなら何でも知っていますよ。何か隠していることも……時が来たら、きっと全部俺に話してくれるってことも」

「啓太くん……」

「とか言って、ちょっと緊張しているんですけどね。あはは……ヘタレでごめんなさい」

「ううん、そんなことないわ。私が悩んでいるとき、あなたはいつだって私を救ってくれた。ヘタレなんかじゃない。啓太くんは勇気のある人だわ」

「雪菜先輩……」

「私は啓太くんのそういう優しいところを好きになったのよ。臆病な私を待っていてくれて……信じてくれて、ありがとう」

雪菜先輩は一歩後ろに下がり、後ろで手を組んだ。

冷たい風は音もなく吹き抜けて、雪菜先輩の長い黒髪を揺らす。


「私ね、引っ越すの」


雪菜先輩の透明な声が夜に響く。

街の喧騒が鼓膜から遠のいた。

今はもう息を吐く音しか聞こえない。

「嘘でしょ……そんなの急すぎです」

「そうね。今まで黙っていてごめんなさい……」

雪菜先輩は申し訳なさそうに謝った。

残酷な現実を心が拒む。引っ越しなんて嫌だ。雪菜先輩がいなくなったら、毎日が退屈だよ。これからは学校から帰ってきても、俺の部屋に雪菜先輩はいない。「おかえり、下僕」って言葉が聞けなくなる。寂しいよ、すごく。いなくならないでよ。

ちょっと前の俺だったら、雪菜先輩にそう問い詰めていただろう。

俺はあふれる感情を心に押し込めて、言いたいことをグッとこらえた。

雪菜先輩は俺を悲しい気持ちにさせるのが怖かったんだよね？　だから、なかなか俺に言えなかったんでしょ？

そんな雪菜先輩の気持ちを知っていながら、自分の悲しみをぶつけられるわけがない。

これ以上、彼女を不安にさせちゃダメだ。

まずは話を最後まで聞こう。

そのうえで、俺は一番大切な人のためにできることをしたい。

「あの……どうして引っ越すんですか？」

俺は心の声を全部飲み込んで尋ねた。

「進学の都合でね。私、春から慶花大学に通うの。だから、東京に引っ越すのよ」

慶花大学。私立大学で偏差値の高い大学だ。

そういえば、雪菜先輩がアルバイトをするって話になったとき、指定校推薦で慶花大学に進学するって話になったっけ。

「……ちょっと待って。慶花大学のキャンパスって、アパートの最寄り駅から三駅じゃなかったですか？」

そうだよ。「慶花大学前(けいかだいがくまえ)」って駅名が三駅先にあるはずだ。それだったら、無理に引っ越さなくてもいいじゃないか。

雪菜先輩は静かに首を横に振(ふ)った。

「『慶花大学前』にあるキャンパスはね、理系の学部が中心なの。医学部や理学部ね。私の進学する文学部のキャンパスは、東京のど真ん中にあるのよ」

「なっ……キャンパスが二つあるってことですか?」

「うん。だから、引っ越さないと通えないの」

雪菜先輩は沈(しず)んだ声でそう言った。

東京なら会えない距離じゃないけど……頻繁(ひんぱん)に会うことはできなくなる。

指定校推薦の話を聞いたとき、俺は「雪菜先輩、アパートから通える大学を選んだのか」と思った。だから、雪菜先輩が引っ越す可能性なんて、これっぽっちも考えなかった……。

ふと雪菜先輩のさっきの言葉が脳裏に浮かぶ。

「この瞬間は今しかない。時が経てば『いつでも会える』は、『いつでも会えた』に変わるわ」

雪菜先輩と同じアパートで暮らす日々は『今』ではなく『いつか』になりつつある。

そんな単純なことに、どうして俺は気づけなかったんだろう。

「もっと早く言いたかったんだけど、心の準備ができなくて……こんな大切な日に言うことになってごめんなさい」

雪菜先輩は涙をこらえるように唇を噛んだ。

今だけじゃない。デート中、ずっと泣くのを我慢していたんだと思う。

雪菜先輩は今日一日、『思い出』という言葉を何度も繰り返した。プリクラを撮ったのだってそう。過去になりつつある今を形に残すためだ。

だから、笑顔が必要だった。

切り取った『いつかの思い出』は、楽しくないといけないから。

「ごめんね……泣いちゃいけないのに……今日は笑顔でいるって、決めたのに……っ！」

雪菜先輩が瞬きすると、両目から透明な雫がこぼれ落ちた。眉間に小さな皺を寄せ、静かに泣いている。

「私……本当はずっと啓太くんのお隣で暮らしたい……っ！」

一度漏れ出した感情は止まらない。雪菜先輩は子どもみたいに、えぐっ、えぐっと声を漏らして泣いた。

雪菜先輩の泣き顔を笑顔に変えたい。

そのためには、言葉と真心が必要だと思った。

言葉はあらゆる壁を越えて気持ちを届ける魔法だ。でも、言葉だけでは少し足りない。双方が素直な心を持ち寄って、初めてお互いの本音がぶつかり合う。俺はそのことをよく知っている。

今、俺が雪菜先輩に伝えたい気持ちってなんだろう。

どんな言葉が、彼女に笑顔を咲かせるのだろう。

自分の中で答えは出ていた。

雪菜先輩のそばにいるだけで、俺は幸せな気持ちになれる。毎日が楽しくなる。笑顔の絶えない日常を送ることができる。

きっと雪菜先輩も同じ気持ちだと思う。

だから、この想いを言葉で伝え、行動で示したい。

俺はいつものフレーズを少しだけ変えて心の中でつぶやいた。

……ちょっと勇気出してもいいかな？

「雪菜先輩！　一年間だけ待っていてください！」

「……えっ？」

雪菜先輩は袖で涙を拭きながら俺を見る。その泣き顔には、わずかに驚きが混じっていた。

「俺も雪菜先輩と同じ気持ちです。雪菜先輩が同じアパートにいない生活なんて考えられません。だって、この一年間を振り返れば、俺の隣にはいつも雪菜先輩がいたから」

帰宅したら、可愛くない態度で俺を迎えてくれるツンデレの雪菜先輩。

風邪を引いたら、本気で心配して看病をしてくれる優しい雪菜先輩。

照れ隠しに寝技をかける、あまのじゃくな雪菜先輩。

壁越しにデレる、世界一可愛い雪菜先輩。

どの日常を切り取ってみても、俺の隣にはいつも雪菜先輩がいる。あなたがいない日常なんてありえない。

「でも、来年は一緒にいることはできません。俺は普通に進級するし、雪菜先輩は東京の大学に進学する。学校の所在地を考えたら、同じアパートから通うのは無理です」

「啓太くん……何が言いたいの？」

「最初に言ったじゃないですか。一年待ってください。その間に引っ越しの準備をします」

「一年後の引っ越しの準備って……まさか啓太くん……！」

「来年、俺も慶花大学を受験します。合格したら、雪菜先輩の暮らすアパートに引っ越したいです」

　必死に勉強して、必ず合格を勝ち取るんだ。

　雪菜先輩のそばにいられるように。

　今しかない『今』を、これからもずっと過ごせるように。

「そんな……ダメよ、啓太くん」

　雪菜先輩の声は震(ふる)えていた。

「ダメって、どうしてですか？」

「気持ちは嬉しいわよ、すごく。でもね、啓太くん。慶花大学って偏差値高いのよ？」

「はい。俺は雪菜先輩みたいに内申点(ないしんてん)高くないので一般(いっぱん)入試ですね。来年から塾(じゅく)行かなきゃなぁ」

「簡単に言わないで。とても難しいのよ？」

「一年あれば大丈夫(だいじょうぶ)ですよ。大丈夫。ドMに二言はないです」

「そんな……あなたのやりたいことだってあるでしょう。勉強したい学問とか、将来の夢とか。私の都合で進路を決めてしまっていいの？」

「情けない話ですけど、夢は特にありません。だから……大学四年間、雪菜先輩の隣で夢を見つけようと思います」

「……かっこつけないでよ。馬鹿なの？」

「今さら何を言ってるんですか。俺は馬鹿でしょう。あなたを助けるためならば、女子トイレにも駆けつける男ですよ？」

そういえば、文化祭のときと似ている。雪菜先輩を安心させたくて、俺はドア越しに本音を伝えたんだっけ。

今はもう、ドアも壁も必要ない。

雪菜先輩の目を見て、素直に好きって言える。

「俺、雪菜先輩のことが大好きです」

言った瞬間、雪菜先輩の顔が再び泣きそうになる。

「俺、雪菜先輩のことで頭がいっぱいなんです。馬鹿って言われてもいい。大好きなあなたの隣にいられるように頑張りたいんです」

これが、俺の伝えたかった想いだ。

「本当に馬鹿……啓太くんは、大馬鹿よ……っ！」

雪菜先輩は泣きながら俺の胸に飛び込んできた。

俺は彼女の華奢な体をそっと受け止める。

「どうして私のしてほしいことがわかるのよ……どうして私のワガママを聞いてくれるの

よ……！」

「特別な人だから。雪菜先輩もそうでしょ？」

「啓太くんのくせに……意味わかんない！　大好き！」

「なんだか微妙なあまのじゃく感が……今、デレてます？」

「デレてない！　啓太くんは年下のくせに生意気！　でも好き！　優しいところが大好き！　スケベで女ったらしでムカつくけど！　ずっと一緒にいたい！」

俺の胸の中で、雪菜先輩はツンとデレを交えて甘えた。俺は黙ってそれを受け止めて抱きしめる。

どれくらいそうしていただろうか。

泣き終えた雪菜先輩は、俺からそっと離れた。

「……啓太くん。受験勉強、頑張ってね」

「はい。愛のパワーで頑張ります」

「ふふっ。なんかそれダサいわ」

「ええー……笑わないでくださいよ。受験の話、めっちゃ勇気出して言ったんですから」

「うん……ありがとう。すごく嬉しかったわ。きっと啓太くんなら合格できるって信じてる。ちなみに、受験に失敗したら懲罰が待っているから」

「嫌(いや)だな、その受験システム！」

「ふふふ。サプライズよ」

雪菜先輩は嬉しそうに笑った。サプライズは事前に言っちゃダメだし、そもそもマイナスの意味で使わないと思う。

……あっ。サプライズで思い出した。

「雪菜先輩。このあと俺の家に来ませんか？」

実は俺もサプライズを用意してある。雪菜先輩には内緒(ないしょ)でケーキを予約したのだ。これから取りに行って、雪菜先輩と一緒に食べようと思う。

「え……け、啓太くんの家に行くの？」

「はい。最後は俺たちらしく、アパートで記念日を過ごしたいなって」

「クリスマスの夜、彼氏(かれし)の部屋に呼ばれるって……もしかして、そういうアレな展開を期待されている⁉」

雪菜先輩は顔を真っ赤にしてあわあわし始めた。

「雪菜先輩？　なんか焦(あせ)ってます？」

「焦るに決まっているでしょ！　逆に啓太くんはなんで落ち着いているのよ！」

「え？　いや別に焦るほどのことでは……」

「な、何よ、その余裕は……もしかして経験あるの⁉」

「えっと……よくわからないですけど、俺はただ、クリスマスにはアレを食べたいから、お誘いしているだけで……」

「たっ、食べたい⁉　私、食べられちゃうの⁉」

雪菜先輩は自分の体を守るように抱きしめた。

なんだか会話が噛み合わない。雪菜先輩は何を勘違いしているのだろうか。

「雪菜先輩。何の話をしているんです？」

「そ、それは……クリスマスの夜に彼の家に呼ばれたら、そういうことではないの？」

「そういうこと……？」

先ほどの会話を思い出してみる。

クリスマスの夜。彼氏の家。アレな展開。経験ある。私、食べられちゃうの。

ま、まさか……雪菜先輩はエッチなことを考えている⁉

「ご、誤解ですよ、雪菜先輩！　サプライズでケーキを用意しているので、俺の部屋で食べようって話！　他意はないです！」

「あっ、そういうこと……ま、紛らわしいのよ！　勘違いしちゃったじゃない！」

「雪菜先輩が勝手にスケベ妄想しただけでしょ！」

「し、してない！」

「いーや、してたね！　俺にベッドで食べられちゃう可愛い妄想を――」

「啓太くん……この高さからツリーめがけて投げ飛ばされたいの？」

「ごめんなさい、この話はもうしません」

クリスマスに救急車で運ばれるのは勘弁だ。これ以上はやめておこう。

「啓太くん。あのね……サプライズといえば、私もプレゼントを用意したの」

「えっ⁉　本当に⁉」

雪菜先輩が俺のために選んでくれたプレゼント……やばい。めちゃくちゃ嬉しいんですけど。

雪菜先輩は鞄からラッピングされた何かを取り出した。

「はい、どうぞ」

「ありがとうございます。開けてもいいですか？」

「ええ。どうぞ」

俺はプレゼントのリボンをほどき、包装紙を開いた。

「これは……」

プレゼントはクリーム色のマフラーだった。落ち着いた色合いで大人っぽいデザインなのは、実に雪菜先輩のセンスらしい。

「おおっ！　オシャレですね。それに暖かそう」

「ふふっ。最初に寄った服屋さんで、啓太くんのお洋服を選んでいるときにこっそり買ったの」

なるほど。服を選ぶ時間が長いときがあったけど、あのときに会計を済ませたのか。

「雪菜先輩。このマフラー、大切に使いますね！」

「ありがとう。よかったら巻いてみて？」

「はい！」

早速マフラーを巻いてみる。

首元が温かいだけでなく、なんだか心までぽかぽかする。雪菜先輩がくれたプレゼントだからかもしれない。

一つ問題があるとすれば……このマフラー、ちょっと長いかも。普通に巻くと、腰の辺りにまでマフラーが届くのだ。

雪菜先輩も気づいたのか、小さく「あっ」と声を漏らした。

「……長さ、合ってないわね」

雪菜先輩は気まずそうに言って、しゅんとうなだれてしまった。

まったく。ドジするとすぐに凹むんだから。

俺はマフラーを外した。

「あっ……ごめんなさい、啓太くん。お気に召さなかったわよね……」

「そんなわけないでしょう。外したのは、こうするためです」

俺は雪菜先輩とくっつき、彼女の首にマフラーを巻いた。巻き方を変えたせいか、さっきよりもだいぶ余っている。

「えっと……啓太くん？」

「で、こうすれば……どうです？　長さ、ちょうどよくないですか？」

マフラーの余った部分を俺の首に巻いた。ラブラブなマフラーシェアの完成である。

雪菜先輩は驚いた顔をしていたが、すぐに優しい笑顔を見せた。

「……えへへ。身を寄せ合うから、余計にあったかいわね」

「もっとくっつきますか？」

「そ、それは……お部屋まで我慢する」

「おっ。今デレましたね」

「デレてない！」

「あはは。付き合ってるんだから、もっとデレてもいいのに」

「きゅ、急には無理よ。徐々(じょじょ)にね……あっ！」

雪菜先輩は夜空を指さした。

何事かと思い、空を見上げる。

夜空はいたずらに白く染まっていた。

「雪だ……」

粉雪が羽毛(うもう)のようにふんわりと落ちてくる。街の光を浴びて輝きを纏(まと)い、地面に舞(ま)い降(お)りて消えていく。

ツリーに目を奪(うば)われていた人々は、今はもう雪に夢中だった。みんなそろって夜空を見上げている。

ふと隣を見る。

マフラーに顔を半分うずめた雪菜先輩と目が合った。

「雪菜先輩」

「何かしら？」

「好きです」

「……私もよ」

「あははっ」

「な、何かおかしい？」

「違います。嬉しいんですよ……あ、そうだ」

──みんな雪に夢中で、誰も俺たちのことなんて見てないかも。

そう目で合図すると、雪菜先輩は恥ずかしそうにうなずいた。

俺は雪菜先輩の口元を隠しているマフラーを指でずらした。可愛らしい薄桃色の唇があらわになる。

俺たちは吸い寄せられるように口づけをした。

ホワイトクリスマスは、一生の思い出になった。

【大学生になっても素直に好きって言えるもん！】


そして月日は流れた。

ある春の日のことである。

アパートの一室で、雪菜先輩は盛大に嘆息した。

「はぁ……啓太くん。何よ、その格好」

雪菜先輩は可哀そうな人を見る目で俺の服装を眺めている。

たしかに普段は着ない服だけど、そんなに似合ってないかな？

「俺のスーツ姿、ダメですか？」

「そこじゃないわ。ネクタイよ」

「普通のネクタイだと思うんですけど……変ですかね？」

「むしろ変態よ」

「どういう意味⁉」

「裸にネクタイなんて格好、よくできるわね」

「服着とるわ！　スーツ姿だって言ってるでしょ！　よく見てよ、俺のこの姿を！　まじまじと、ほら！」

「そんなナニかを見せつけるような言い方……やはり啓太くんは大学生になっても変態ね」

雪菜先輩はドン引きしている。

ちょっと待て。この状況、俺が悪いのか？

「冗談は置いといて、私はネクタイの結び方が変だと言っているの。どう見ても短すぎでしょう」

「マジですか？」

言われたとおり、鏡を確認してみる。

あっ、本当だ。ネクタイが胸元までしかない。これはたしかにダサいかも。

「ほら。私が直してあげる。こっちへ来なさい」

「すみません……」

雪菜先輩は俺の首に手を伸ばしてネクタイをほどいた。

今日は慶花大学の入学式。普段は着ることのないスーツ姿で行かなければならない。

俺もとうとう大学生か……なんだか感慨深い。

この一年間、様々な出来事があった。俺も進学して環境が変わったが、みんなも少しずつ変わっていった。

まずは飛鳥。

飛鳥は小未美の影響で芝居に興味を持ち始めた。ある日を境に演劇部に入部し、小未美の厳しい演技指導を受けるようになった。文化祭の劇を通して、芝居に対する情熱が芽生えたのだろう。

そしてついに「ボク、お芝居の勉強ができる大学に行く！」と言って、芸術学部のある大学に進学した。

ちなみに小未美も飛鳥と同じ大学に通っている。二人の進学先は東京の大学なので、今後も気軽に会えるのは嬉しい。

次にシャロと桜子。二人は今年で高校三年生になる。

共通の趣味があることが発覚して以降、二人は急速に仲良くなっていった。

自分の気持ちを伝えるのが苦手な優しいシャロと、自分の意見をはっきりと言えるサバサバした桜子……凸凹コンビに見えるが、いいコンビだと俺は思う。

最近、彼女たちは学校で部を立ち上げた。好きなアニメやゲームについて語る部活で、二人の憩いの場となっている。

だが、彼女たちは問題に直面している。それは部員が二人しかいないことだ。いきなり廃部の危機らしい。

桜子は「心配無用です、お兄様。新入生を拉致して強制入部させますから！」と意気込んでいたので、シャロにやめさせるように頼んでおいた。大丈夫かな、あの子たち……啓太兄さんは気苦労が絶えません。

みんなそれぞれ生活に変化があったが、一番変わったのは樹里かもしれない。まさか彼女が『生徒会長』になるとは思わなかった。

中学時代、樹里は俺と一緒に生徒会で活動していた。高校生になった今でも、生徒会の仕事に興味はあったのだろう。

だが、さすがに生徒会長に立候補したのは予想外だった。樹里には悪いけど、彼女にリーダーシップがあるようには思えない。どちらかといえば、ムードメーカーのほうが向いている。

そのことは本人も自覚していて、就任当初は「やっぱりウチに生徒会長は荷が重いっすかねー」と弱音を吐いていたっけ。

あるとき、俺は「どうして生徒会長に立候補したの？」と樹里に尋ねた。

樹里は照れくさそうにこう答えた。

『ウチ、二年生に進級したときに思ったんすよ。啓太せんぱいが卒業したら、毎日がつまらなくなるなぁって。だって、高校生活を振り返れば、いつも啓太せんぱいが隣にいたから。寂しさもあって、なんだか急に不安になっちゃったんすよね。

そのとき、ふと思ったっす。卒業したら、啓太せんぱいは寂しくないのかなって。ウチと会えないの、嫌じゃないのかなって。いろいろ考え始めたら、不安どころか胸が痛くなったっす。

でも、すぐに考えを改めたっす。

ほら。ウチが啓太せんぱいを遊びに誘うとき、せんぱいはいつも申し訳なさそうに「頑張らないと、誰かさんとの約束を果たせないから。遊べなくてごめんね」って断ったじゃないっすか。

あのときの啓太せんぱいを見て思ったんすよね。ああ、本当は啓太せんぱいもウチと遊びたいのかなって。遊びたいのを我慢して、目標に向かって努力しているのかなって。啓太せんぱいの気持ちに気づいたら、なんだか拗ねていた自分が恥ずかしく思えたっす。

同時に啓太せんぱいが手の届かないところに行っちゃった気がして焦ったっす。せんぱいが夢に向かって努力しているところ、すごくかっこよく見えたんすよね。恋愛感情とか関係なく、純粋に「人生のせんぱい」として憧れちゃったっす。

自分も啓太せんぱいみたいな人になりたい。

やりたいことに向かって努力できる人に変わりたい。

じゃあ、自分のやりたいことってなんだろう？

考えたんすけど、ウチのやりたいことなんて「自分らしくいられる場所で楽しい時間を過ごすこと」くらいなんすよね。立派な目標じゃないかもしれないっすけど、楽しい学校生活を送りたいって気持ちは、嘘偽りのない本物だって思ったっす。

ウチは、学校を自分らしくいられる場所にしたい。

そこまで考えて、閃いたっす。

だったら、生徒会長になればいい。

自分らしくいられる場所を自分で作っちゃえって。

学校中を巻き込んで、みんなで楽しい時間を過ごすんだって。

……そうすれば、啓太せんぱいが卒業しても寂しくないのかなって。そう思ったっす』

その話を聞いたとき、不覚にも瞳が潤んだ。

つい最近まで手のかかる後輩だと思っていたのに、ここにきて急成長するなよ。嬉しすぎて涙が出ちゃうだろうが。

やっぱり樹里はすごい。どんなときでも自分の主張を貫き通す、俺の自慢の後輩だ。

一方、俺はといえば、勉強漬けの日々を送っていた。雪菜先輩とのデートもほとんどできなかったし、樹里たちと遊ぶ時間も激減した。正直、受験勉強をやめたいと思ったのは一度や二度じゃない。

挫けそうになるたびに、俺は雪菜先輩との約束を思い出した。「雪菜先輩と楽しい大学生活を送るんだ！」と自分に言い聞かせて、必死に勉強した。

やがて努力は実り、俺は今、雪菜先輩と同じ大学に通っている。

しかも、雪菜先輩と同じアパートに引っ越すことができた。それだけでも幸運なのに、隣の部屋まで借りられるなんて夢みたいだ。

「啓太くん？　何か考えごと？」

雪菜先輩は俺のネクタイを結びながら尋ねた。

「あ、いえ。受験までの一年間を思い出して、ちょっぴり感傷に浸っていました」

「そう……啓太くん、勉強すごく頑張っていたものね。偉かったわ」

「雪菜先輩も、よく俺のいないアパート生活に耐えられましたね。いい子、いい子」

頭をなでてあげると、雪菜先輩は顔を赤くして俺を睨んだ。

「子ども扱いしないでちょうだい。私のほうがお姉さんなのよ？」

「でも、精神年齢は俺より断然下ですよね――ぐえっ！」

雪菜先輩はネクタイをおもいっきり引っ張った。く、首絞まるからやめてよ……。

「……寂しかったわ」

「えっ？」

「啓太くんと会えないの、すごく寂しかった……今まで会えなかったぶん、これからはたくさん甘えるからね？」

雪菜先輩の可愛いおねだりに、胸がキュンとなる。

……ちょっと叫んでもいいかな？

「雪菜先輩可愛すぎだろぉぉぉぉぉ！」

「ひゃあっ⁉　きゅ、急に大声出さないでくれる⁉」

「これが叫ばずにいられるか！　ネクタイを結べる大人の女性から、急に甘々な年下彼女にクラスチェンジしやがって！　そのギャップが可愛すぎるっつーの！」

「こ、声が大きいわよ！　アパートの住人に聞かれたらどうするの⁉」

「おっけー、聞かせてやろうじゃんか！　みなさーん！　俺の彼女は世界一可愛い――ぐえっ！」

再びネクタイを引っ張られた。息止まるからやめてってば。

「啓太くん。何度もネクタイを結び直させないでくれる？」

「は、はい。ごめんなさい……」

　雪菜先輩は再び俺のネクタイを結び始めた。今度こそ邪魔をしないように、俺は黙った。

「ほら。ネクタイ結べたわよ」

「ありがとうございます」

　鏡で確認すると、ネクタイの長さはベルトのバックルの辺りに調整されている。結び目もばっちりだ。

「さすが雪菜先輩。上手です。将来いいお嫁さんになりますね」

「お、お嫁さんだなんて……馬鹿言ってないで、早く自分で結べるようになりなさい。豚でもこれくらいはできるでしょう？」

　ツンとした態度を取り、そっぽを向く雪菜先輩。顔は見えなくても、ニヤニヤしているのがバレバレである。

　これがあるから、雪菜先輩は憎めない。

「啓太くん。遅刻しちゃうわ。早く行きましょう」

「あれ？　雪菜先輩も大学に用があるんですか？」

　今日は入学式だ。二年生は授業がなかったと思う。

「授業はないわ。ラウンジでお友達と履修する授業の相談をする予定なの」

「おおっ！　あまのじゃくな雪菜先輩にも友達いるんですね！」

「啓太くん。三角絞めと四の字固め、好きなほうを選びなさい」

「じょ、冗談ですって……あ、じゃあなおさら急ぎなきゃ」

「だからそう言っているでしょう。本当にノロマね」

「ご、ごめんってば」

俺は急いで支度をして、二人で仲良くアパートを出た。

ここから大学までは徒歩十五分。俺たちは並んで歩いた。

しばらく歩くと、慶花大学名物の桜並木道に差しかかった。

ひらひらと舞い散る桜の花びらが目の前を横切った。一枚ではない。俺たちの門出を祝福するように、桜の雨が降り注いでいる。

「キレイですね、雪菜先輩」

「ええ……この景色を啓太くんと見たかった。去年の桜は一人で見たから」

「あはは。俺がいなくて本当に寂しかったんですね」

「お互い様でしょう？　啓太くんこそ、何度も電話かけてきたくせに」

「雪菜先輩だって何度も『会いたい』ってメッセージ送ってきたじゃないですか」

「ふふっ。忘れたわ」

「えー。それずるいですよ」

俺たちは笑い合いながら桜並木道を歩いた。

遠くに校門が見えてきた。

大学に行けば、雪菜先輩とは別行動。夜まで会うことはないだろう。

……最後にもう一度、雪菜先輩のデレが見たいな。

「雪菜先輩。いってきますのちゅー、忘れちゃいましたね」

そう言って、からかってみた。

目が合うと、雪菜先輩は恥ずかしそうに、ぼそっと一言。

「……おかえりのちゅーでよければしてあげるわ」

雪菜先輩は「早く帰ってきてね」と一言添えてデレた。頬は桜色に染まっている。俺の彼女、可愛すぎかよ。

俺たちは校門の目の前で立ち止まった。

この校門をくぐるために、一年間必死に勉強した。デートを控えて、塾に通う地獄の日々。

雪菜先輩と過ごす時間は、二年生の頃よりずっと少なかった。

雪菜先輩。

今まで我慢してきたぶん、大学ではたくさん思い出を作りましょうね。

「行きましょう。雪菜先輩」

「ええ。啓太くんにとっては記念すべき初登校ね」

「たしかに。じゃあ思い出作りも兼ねて、『せーの』で一緒に敷地に入りません?」

「べつにいいけれど……なんだか子どもっぽいわ」

「やりましょうよ。振り返れば、笑い話に……『いい思い出』になりますよ」

「……それもそうね」

雪菜先輩は優しい笑みを浮かべ、俺の手を握った。

「いきますよ、雪菜先輩」

「うん。せーのっ!」

俺たちは同時にジャンプして大学の敷地内に入った。

ここから俺たちの新生活が始まる。

砂糖菓子みたいに甘い、雪菜先輩との大学生活が。

あとがき

こんばんは。上村夏樹（うえむらなつき）です。

本作は小説投稿サイト「ノベルアップ＋」で連載中の作品ですが、三巻は書籍オリジナル展開が約半分を占めております。ＷＥＢでお読みくださっている読者の皆様も、新展開をお楽しみいただけるかと思います。

あとがきから読む方もいらっしゃると思うので多くは語りませんが、オリジナル展開は糖度マシマシ、デレ多めでお送りさせていただきました。糖死（とうし）（甘々なラブコメを摂取しすぎて、天にも上るような気持ちになること。私が考えた言葉だよ！　えっへん！）する危険性がありますのでご注意ください。特にイラストの破壊力がすごいです！

さてさて。本作に関する大事な告知がございます。

すでに読まれた方もいらっしゃると思いますが、本作「毒舌少女はあまのじゃく　～壁越しなら素直に好きって言えるもん！～」のコミカライズ連載がスタートしました！

漫画の担当は、あび先生。あび先生の描く雪菜（ゆきな）先輩のドS顔、私だいすき！

こちらはＷＥＢコミック誌「コミックファイア」にて無料で読めます。雪菜先輩のデレ、そしてセクシーな寝技と足技を、ぜひコミックでご堪能くださいませ。

以下謝辞を。

担当編集様。今回も大変お世話になりました。私事で〆切がキツかったときも、優しくご対応してくださってありがとうございました。やはり、わんちゃんが好きな人に悪い人はいない！（余談ですが、うちのわんこが早速ケージを破壊しました。たぶん、つよい犬です）

イラスト担当のみれい先生。いつも素敵なイラストをありがとうございます。ラフを拝見した時点で、イラストによる糖死を確信していました。完成イラストを拝見して、無事に幸せな気持ちになれたことをご報告いたします。デレ雪菜の破壊力、おそるべし……！

いつも応援してくださる身近な皆様。一巻を読んでくれた友人に「上村くん、本編のわりにあとがき真面目かよｗ」と煽られたので「やってやろうじゃねぇか！　面白いあとがき書いて泣かせてやる！」と意気込みましたがこのザマです。本編のテンションであとがきは無理。お願い、許して。

最後に読者の皆様に最大級の感謝を。

お読みいただき、ありがとうございました！

HJ文庫 http://www.hobbyjapan.co.jp/hjbunko/
937

毒舌少女はあまのじゃく3
～壁越しなら素直に好きって言えるもん！～

2021年6月1日　初版発行

著者――上村夏樹

発行者―松下大介
発行所―株式会社ホビージャパン

〒151-0053
東京都渋谷区代々木2-15-8
電話　03(5304)7604（編集）
　　　03(5304)9112（営業）

印刷所――大日本印刷株式会社
装丁――AFTERGLOW／株式会社エストール

ISBN978-4-7986-2503-4　C0193

年間最優秀賞
（三部門共通）

賞金300万円!!

応募受付中！

HJ小説大賞 2021 中期

イラスト／岩本ゼロゴ

「未発表新作」部門

HJ 小説大賞 2021 中期では、中高生からの架空小説ファンをメインターゲットとするエンターテインメント（娯楽）作品、キャラクター作品を募集いたします。学園ラブコメ、ファンタジー、ホラー、ギャグなどジャンルは問いません。 ***未発表のオリジナル作品を募集！***

※未発表作品とは、過去一度も商品化、同人誌等での掲載、インターネット上での公開をされたことが無い作品を指します。

応募締切：2021年10月末日

詳細はHJ文庫公式HPにて → https://hobbyjapan.co.jp/hjbunko/novelawards/award17.html